KB253451

양철북 읽·기·의·즐·거·움

위선을 향한 냉소

양철북

읽·기·의·즐·거·움

위 선 을 향 한 냉 소

|양태규|귄터 그라스|

살림

e시대의 절대문학을 펴내며

자고 나면 세상은 변해 있다.
조그마한 칩 하나에 방대한 도서관이 들어가고
리모콘 작동 한 번에 멋진 신세계가 열리는
신판 아라비안나이트가 개막되었다.
문자시대가 가고 디지털시대가 온 것이다.

바로 지금 한국은, 한국 교육은,
그 어느 시대보다 독서의 당위성을 강조하고 있다.
지난 시대의 교육에 대한 반성일 것이다.
그러나 문자시대가 가고 있는데,
사람들은 디지털시대의 문화에 포위되어 있는데,
막연히 독서의 당위를 강조하는 일만으로는
자칫 구호에 머물고 말 것이다.

지금 우리는 비상한 각오로, 문학이 죽고
우리들 내면의 세계가 휘발되어버린 이 디지털시대에
새로운 문학전집을 만들고자 꿈꾼다.
인류의 영혼을 고양시켰던 지혜롭고 위엄 있는
책들 속의 저 수많은 아름다운 문장들을 다시 만나고,
새로운 시대와 화해할 수 있는 방법론적 독서를 모색한다.

e시대의 절대문학은
문자시대의 지혜를 지하 공동묘지에 안장시키지 않고
디지털시대에 부활시키는 분명한 증거로 남을 것이다.

발행인 심 만 수

3장 작품론

4장 영향과 의의

2부 | 해석적 읽기

3부 | 관련서 및 연보

1 귄터 그라스

『양철북』은 오스카 마체라트의 서른 살 자서전이다.

나치 독일의 악몽을 살아온 오스카는 소설이 시작되는 현재

정신병원에 입원하고 있다.

세 살 되던 해부터 전쟁이 끝날 무렵까지

의도적으로 성장을 멈춘 오스카는

양철북을 두드리고 유리를 깨뜨리는 목소리로

독일 역사와 그것을 통한 인간 조건을 해부한다.

그 어떤 이데올로기도 교화도 거부하는 오스카는

하지만 우리에게 통절한 도덕적 메시지를 전하고 있다.

그라스의 첫 장편소설 『양철북』은 패전 후 경제 기적과 더불어

복고주의의 팽배로 인한 경직화된

1959년 서독 사회의 둔탁한 공기 속에

회오리바람을 불어넣는 효과를 가져왔다.

나치 시대와 전쟁으로 피폐된 독일 언어에

시적 활력을 다시 불어넣는 역할을 담당한 그라스의 『양철북』은

그로테스크, 환상, 그리고 섬세한 사실주의 언어를 통해

어두운 독일 근대사를 투시한다.

1장 ── 프롤로그

Günter Grass

우리의 그라스

다재다능한 작가, 그라스

1980년 공산권 내 최초의 자유노조 탄생지인 폴란드 그다인스크는 1927년 귄터 그라스가 출생할 당시에는 단치히라는 이름의 자유도시였다. 발트해 연안의 이 오래된 도시에서 태어난 귄터 그라스의 경력은 참으로 다양하다. 노벨상을 수상한 소설가이자 시인이고, 노벨레·드라마·산문·수필·발레 각본 작가이며, 동시에 상당한 전문성을 갖춘 조각가, 스케치 화가, 수채화가, 석판 및 동판화가, 테라코타 조형예술가이다. 한 작가로서 또 한 시민으로서 그라스는 전후(戰後) 신생 민주주의 국가 서독이 오늘날과 같은 자유롭고 민주적인 사회가 되는 데 크게 이바지한 독일의 애국자이다. 1990년 독일 통일을 계기로 그가 취했던 대세를 거스르는 단호한 입장은 독일 내는 물론이요 국외적으로도 커다란 반향을 일으켰다.

하지만 무엇보다 독일 전후 최고의 소설가로서 독일뿐 아니라 전 세계적으로 일종의 문학적 충격요법을 제공한 것은 그의 첫 소설 『양철북』(1959)과 그 소설의 주인공이자 1인칭 화자인 오스카를 통해서일 것이다. 출간된 지 40여 년이 넘어 이미 오래 전에 고전이 되어버린 소설 『양철북』은 집필된 시대와 그것이 다루고 있는 독일과 유럽의 경계를 뛰어넘어 오늘날에도 여전히 널리 읽히고 있다. 그라스 작품의 배경이 되는 고향 단치히는 조이스의 더블린, 디킨스의 런던, 루시디의 봄베이와 함께 세계문학의 지형도에 영원히 그 이름을 기억하게 만들었다.

그라스의 70회 생일을 맞아 1997년 독일에서 열린 국제 학술회의의 명칭이 "국외에서는 인정받지만 국내에서는 미움받는 작가"라는 점에서도 잘 드러나듯이, 조국 독일의 그라스에 대한 평가는 때로는 하늘을 찌를 듯 찬사를 퍼붓다가도 때로는 바닥을 모르는 저주로 점철되었다.

1999년 10월, 20세기 마지막이자 통일 독일 최초로 노벨 문학상을 수상한 그라스는 자신의 수상 소감을 이렇게 피력하고 있다.

"나는 노벨상을 독일어를 사용하는 작가로서 수상하는 것이지 독일의 작가로서 수상하는 것은 아닙니다."

반세기가 넘도록 서로 쉽지 않은 관계를 유지해온 조국 독일과는 달리 폴란드의 반응은 사뭇 달랐다. 폴란드 일간지 「폴리티카」는 그라스의 노벨상 수상에 붙여 독일 언론에서는 감히 엄두도 내지 못하는 "우리의 그라스"라는 제목으로 지면을 장식했다.

그라스의 예술관과 사회 참여

권터 그라스는 이미 1960년대 초부터 그 이전의 참여작가들마저도 스스로 그어놓았던 선을 넘어, 독일 사회민주당이라는 한 특정 정당을 위해 시민으로서 동시대인으로서 자신의 작가적 명성을 의식적으로 동원했다. 제2차 세계대전 후 폐허 속의 독일 재건에 헌신했던 여성들을 위한 연금 문제, 여성의 낙태권 문제, 선거권 18세로 인하, 독일의 네오나치, 외국인 혐오증, 제3세계 발전 지원 사업,

1965년 서독 총선에서 자신이 그린 포스터에 사인하는 그라스.

인구 정책, 남북 간
격차 등 그라스의 정
치적 참여와 관심의
대상은 전후 독일의
정치·사회적 쟁점들
을 거의 다 망라할 정
도로 지속적이고도
광범위했다. 그라스
에게 참여문학이란

동료 작가들고 선거운동 중인 그라스(오른쪽에서 두 번째).

마치 "흰 백마"와 같이 동어반복일 뿐이며, 현실을 초월하는
예술은 특권적 예술로 전락하거나 단지 상대적 자유를 향유
할 뿐이며, 종국에는 교체되는 권력들의 창녀가 되고 만다.
그렇다고 그라스가 문학을 정치적 목표의 수단으로 이해하는
것은 결코 아니다. 그는 문학의 존진적이고 장기적인 효과를
믿고 있으나 정치와 문학은 마치 객주잔 받침의 양면과도 같
이 엄연히 구분되어져야 한다고 믿고 있다. 그라스는 1966년
에 미국 프린스턴 대학에서 열린 독일 '47그룹' 모임에서
「존재하지 않는 궁정을 고려한 글 쓰는 궁중광대의 결핍된
자신감에 대하여」라는 제목의 연설을 하면서 정치와 문학의
차이를 이렇게 설명하고 있다.

　"다음과 같은 사실을 기억합시다. 시는 타협을 모릅니다.

하지만 우리는 타협을 통해 살아갑니다. 이 둘 사이의 긴장을 견뎌내는 자는 광대이며, 그는 세상을 바꿉니다."

그라스와 독일 통일

그라스가 독일 사회민주당 정책을 부분적으로 지지하는 것은 서독 의회민주주의에 대한 그의 확신에서 비롯된 것으로, 이는 한 정당의 이데올로기에 자신을 예속시키지 않고 자신의 정치적 입장을 구체적으로 정치적 현실 속에서 표현하려는 의도에서 기인한 행동이다. 1961년 서독 총선에서 개인적으로 부당하게 비방을 받은 베를린 시장 빌리 브란트를 위해 연설문을 교정해준 것을 계기로 그라스는 서독 정치에 관여하기 시작했다. 하지만 사회민주당이 정권을 상실한 1982년에야 그는 비로소 당원이 된다. 또한 독일 통일 후 1992년에는 정치적 망명권에 대한 사회민주당의 보수집권당과의 공조를 비난하며 당을 탈퇴한 바도 있다.

1960년대 이후 그라스는 독일인의 정체성과 독일의 통일에 관해 끊임없이 자신의 목소리를 높여왔다. 서독의 재무장 및 1955년 독일조약 등을 통한 서방 편입이라는 대세가 지배적이었고, 독일 통일의 가능성은 물론 그 필연성마저 부인되던 아데나워 정권 시절부터 그라스는, 당시로서는 우익적 개념만으로 이해되던 통일 국가적 민족주의인 '국가민족'에 대비되는 문화적 다양성을 기반으로 한 '문화민족' 을 지향하는 자신의 통일관을 초지일관 주창해왔다. 즉각적인 동·서독 통일만이 지상 과제인 양 간주되던 1989년과 1990년 전환기의 세태 속에서 그는 비판적 입장에 서서 그 대안으로 두 독일의 연방제를 통한 점진적 통합을 독일 내 그 누구보다 소리 높여 주장했다. 또한 서독인들의 신(新)식민지주의적 동독 강점을 통한 흡수 통합 방식으로는 동독 주민들로 하여금 스스로 통일 독일이 자신의 조국이라는 일체감으로 발전시키기에는 불가능하다는 점을 그라스는 베를린 장벽이 무너지는 순간부터 일관되게 경고해왔다. 세 번에 걸친 전쟁의 결과로 생겨난 1871년 제2제국 통일에서부터 아우슈비츠로 대표되는 1945년 독일 민족주의의 파국에 이르기까지의 불행의 역사는 독일 땅 위에 또 다른 통일 국가의 성립을 배제시킬 것이라고 그라스는 주장했다.

저항으로서의 내용 l

그라스의 위와 같은 입장은 과연 어디에서 기인된 것일까? 그라스의 문학과 정치는 그 자신의 삶과 밀접하게 연결되어 있다. 이는 나치 시대와 전쟁 기간 동안 청소년 시절을 보낸 한 독일인의 시련과 고난, 그리고 그 극복을 위한 노력의 결과이기도 하다.

다음에 소개하는 그라스의 두 일화는 반세기라는 시대적 차이에도 불구하고 우리로 하여금 주어진 현실을 문학이라는 형식을 촉발시키는 "저항으로서의 내용"[1]으로 간주하는 그라스의 창작 동기를 엿볼 수 있게 한다.

우선 1990년 2월에 그라스는 '독일 문제'[2]에 대한 자신의 구체적 제안을 내용으로 하는 연설을 다음의 일화로 시작하고 있다.

> 크리스마스 직전 괴팅엔에서 뤼벡으로 가는 기차를 갈아타기 위해 함부르크 중앙역에 서 있는데, 한 청년이 내게 다가오더니 다짜고짜 나를 "매국노"라고 몰아세웠다. 그 말이 계속 내 귓전에 울려 퍼졌다. 겨우 마음을 가라앉히고 신문을 사고 있는데, 예의 그 청년이 다시 다가오더니 위협조의 나지막한 목소리가 아니라 오히려 거리낌 없이 내게 통고를 하는 것이었다, 이제 바야흐로 나 같은 인간들을 청소할 때가 되었노라고.[3]

"매국노"라는 말은 역사적으로 채색되어진 "조국 없는 놈"이란 또 다른 말을 그라스에게 상기시킨다. 이는 30년 넘게 사회민주당의 활동을 금지시키는 등 사회민주주의자들을 박해하던 독일 제2제국의 재상 비스마르크가 사민당의 초국가적 성격을 빌미 삼아 사민당원들을 지칭하던 말이다. 20세기 후반 독일 땅 위에서 벌어진 통일이라는 거대한 변혁은 1848년의 혁명, 1864년과 1866년, 1870년과 1871년의 통일 전쟁을 거쳐 제2제국의 성립, 그리고 나치 독재를 거쳐 동독에 이르는 역사적 파노라마의 프리즘을 통해 역사의 옷을 입었다. 이제 독일 통일이라는 "저항으로서의 내용"은 19세기 독일의 사실주의 작가 폰타네의 기억을 보존하고 있는 폰타네의 현대판 분신 부트케의 이중적 눈을 통해 그라스에 의해 소설화되었다.

　하지만 그라스의 이른바 '통일소설' 『광야』(1995)는 출간되기 전부터 정치적 공격의 표적이 되었다. 통일에 관한 승리의 행진곡을 기대하고 있던 독일인들은 이 소설을 문학작품 이전에 한 정치적 작가의 문학적 형식을 취한 정치팜플렛으로 간주했던 것이다. 다수의 독일 언론은 이 작품의 내용을 논하는 대신에 문학과 정치 그리고 작가의 사회적 역할에 대한 논란을 제기하면서 여론의 심판을 유도했다. 독일 역사상 그 어떤 작품 발표도 그라스의 『광야』만큼 통신사로 하여금 시간대 별로 그에 대한 새로운 기사를 쓰게 한 적이 없다. 그라스의 이 소설은 이미 그 진행 방향이 결정된 독일 통일에 관한 정치적 토의를 재론하는 계기를 마련해주었다. 1995년 8월 발행일부터 이듬해 1월까지의 6개월 동안 독일 언론들은 다투어 1만여 회나 이 소설에 관한 기사를 실었을 정도였다고 한다. 그런데 특이한 사실은 구서독인들이 그라스를 정치적 선동자로 또 비관주의자로 폄하하는 경향과는 대조적으로 구동독인들은 이 소설에 대해 매우 호의적인 반응을 보였다.

저항으로서의 내용 II

나치 독일에 의해 시작된 제2차 세계대전의 체험, 그리고 그 스스로 '우연히 살아남았다' 라는 자각은 지금 팔순을 바라보는 그라스에게 세월이 지나도 지워지지 않는 트라우마로 남아 있다.

17세에 나치군으로 징집된 소년 그라스는 훈련소에서 대전차 척탄병 및 돌격포병 훈련을 받고 곧바로 수도 베를린 수호를 위해 전선에 투입되었다. 부다페스트는 이미 함락되었고 빈에서는 아직도 공방전이 거듭되고 있는 상황이었다. 베를린 근처 슈프레 강 가로 투입된 청년 그라스는 곧 부상을 입었다.

우선 한두 차례 적과의 교전이 있었습니다. 후퇴하다가 마주치기도 하고, 또 소련군 적진으로 밀려들어 가 적의 정찰대와 조우한 적도 있었습니다. 당시 수주일 동안 스스로 낙오병이 되어 고작 할 수 있는 일이라고는 본대를 찾아 헤매는 한편으로 적군으로부터 몸을 숨기는 일이었는데 (중략) 정찰대로 출동한 우리

부대가 정찰 중 본대로부터 벗어나게 되었습니다. 아군은 퇴각하고 러시아군이 진격하는 상황이었는데 (중략) 우리는 행군하고 있던 길 저편에서 환하게 불을 밝히며 접근해오는 적군 차량을 목격했지만 모두 너무나 지쳐 놀랄 겨를도 없었습니다. 우리 소대를 지휘하던 상사가 나에게 도로 한가운데로 뛰어가 전진해오는 적군 차량을 막으라고 명령했습니다. 그런데 알고 보니 적군 차량은 군인을 가득 실은 장갑 트럭이었습니다. 나는 "이반이다."라고 고함치는 것과 동시에 오른쪽 소나무 숲으로 몸을 날렸고, 그 순간 기관총 발포 소리가 시작되었습니다. 얼마 후 정적이 찾아왔으며 우리 부대원은 전원 사살되었습니다. 가도 가도 끝이 없는 숲 한가운데 나는 홀로 살아남았습니다. 낮밤을 가리지 않고 숲에서 빠져나오려고 애를 썼지만 그때마다 숲 가장자리에는 러시아군이 진을 치고 있었습니다. 숲 속에서 보낸 이틀째 밤에 나는 확실치는 않지만 발걸음 소리를 얼핏 들은 듯하여, 아군인지 적군이지 알아보려고 "어린 한스"라는 동요를 휘파람으로 불었습니다. 그러자 상대가 대꾸를 해오는 것이 아니겠습니까. 지금은 이름을 기억하지 못하는 그 사람은 베를린 출신의 이발사였는데 그야말로 산전수전을 다 겪은 상사였습니다. 그의 도움으로 우리 둘은 숲에서 빠져나와 퇴각의 혼동 속에 슈프렘베르크와 젠프템베르크 사이에 나 있는 도로에 도착했습니다. 길 왼쪽은 갈탄협곡으로 하향 경사가 나 있고, 오른

쪽의 낮은 경사가 시작되는 곳에 야전식당이 있었습니다. 우리는 그 식당에서 완두콩 한 줌을 얻어먹었습니다. 도로는 왕래가 많았는데, 한쪽에는 대독일 군단 소속 탱크부대가 돌격포와 함께 앞쪽으로 지나가고, 그 반대편으로는 피난민의 행렬이 이어지고 있었습니다. 바로 그때 갈탄협곡의 반대쪽에서 소련군 탱크가 치고 나와 도로를 포격하기 시작했습니다. 실로 참담한 광경이 눈앞에 벌어졌습니다. 돌격포에 방향전환용 고리가 없었던 탓에 대독일 군단 탱크부대는 소련군 공격에 맞서 포격하기 위해 유턴을 해야 했습니다. 차량 밖으로 나간 부대원들이 손으로 밀어서 회전을 실행하려 했지만 밀리기는커녕 몇몇 돌격포 차량은 부대원들과 함께 언덕 아래로 굴러 떨어지고 말았습니다. 이어 돌격포가 반격을 개시하고 야전식당과 탱크가 있던 곳에 포가 떨어지기 시작하면서, 나는 오히려 이후 행운이 되어버린 부상을 입게 되었습니다. 덜그럭 소리를 듣는가 싶더니 내 몸은 공중으로 치솟았고 철모가 벗겨지고 그리고 고통을 느꼈습니다. 완두 수프는 물론 엎질러졌지요. 이발사는 심하게 다쳤습니다. 그의 양쪽 다리는 죽처럼 흐느적거렸습니다. 우리 둘은 환자 운반차에 실려졌고 (중략) 이발사는—그림으로는 아름답지 못할지 모르나 일화로서는 그 가치가 충분하다고 믿습니다—창백한 얼굴로 내게 말했습니다. "바지를 열어서 내 주머니가 아직 달려 있는지 봐주게." 내가 그의 바지를 열고 손으로 만져보고는 대답했습니다. "아직 있어요." 그는 씩 웃더니 말했습니다. "담배 한 대 뽑아주게." 그리고 그는 담배 한 대를 맛있게 피웠습니다.[4]

위의 실화는 소설 『양철북』의 제2권 「폴란드 우체국」 속으로 편입되었다. 베를린 이발사의 모습은 우체국 관리인 코비엘라가 1939년 9월 1일 탱크를 앞세우고 진격해오는 독일군에 대항하여 힘에 부치는 방어를 하던 중 부상당하는 장면으로 재현되었다. 좌절의 상황에 처한 인간을 가장 충실히 보여줄 수 있는 문학적 양식은 희극적 묘사라고 그라스는 믿고 있다. 다시 말해 희극적 냉담함이야말로 인간의 비극적 상황과 부조리를 가장 적나라하게 보여줄 수 있다는 것이다. 전쟁의 폭력이 보여주는 부조리적 상황은 분명 그라스의 10대 전반을 거쳐 주입되었던 영웅과 전쟁 찬양의 교육과는 거리가 먼 것이었다.

전쟁이 막바지에 접어들 무렵 청년 그라스는, 약식 군법재판으로 사형당한 후 "나는 겁쟁이다!"라는 글이 쓰인 마분지를 목에 매단 채 마을 대로변의 나무에 매달려 있는 탈주병들의 시신을 목격하게 되었다.

(19)20년대에 태어난 사람들 중에 나처럼 전쟁이 끝날 무렵까지

도 우연히 살아남은 자라면, 어린 나이에도 불구하고 엄청난 범죄에 대한 공동의 책임을 회피할 수 없는 바, 그 어떤 유쾌함도 과거를 지워버릴 수 없다는 것을 아는 자라면, 그 사람의 이야기 끈은 이미 짜여 있기에 소재의 선택은 자유로울 수 없습니다. 왜냐하면 그가 글을 쓸 때면 너무나도 많은 죽은 사람이 그를 쳐다보고 있기 때문입니다.[5]

2 장 — 시대적 배경과 작가론
Günter Grass

단치히와 문화적 혼종

그라스의 예술과 정치적 신념의 근저에는 다음의 세 가지 요소가 자리 잡고 있다. 고향과 언어와 이데올로기의 3중 상실, 그 결과로 확립된 반(反)이념주의 및 반(反)이데올로기적 입장, 아우슈비츠로 상징되는 독일의 죄의식이 그것이다.

그 옛날 한 도시가 있었다. 오하라, 쉬트리츠, 올리바, 에마우스, 프라우스트, 성(聖)알브레히트, 쉘뮐, 그리고 항구 노이파바써, 랑푸어라는 교외가 있었다. 랑푸어는 이 세상에서 일어나고 일어날 수 있는 모든 것이 그곳에서도 일어났고, 또 일어났을 수 있을 만큼의 큰 도시이자 작은 도시이기도 했다.[6]

—『개들의 해』

"자기 자신이 있기 이전 적어도 조부모의 어느 한쪽만이라도 기억해내려는 인내심을 발휘하지 못하는 자라면 자신의 인생을 서술할 자격이 없다."라고 『양철북』의 1인칭 화자 오스카가 이야기하고 있듯이, 그라스의 시·공간적 고향은 그의 예술 및 정치적 입장과 밀접한 관계를 갖고 있다. 역사적 격동기의 중심에 놓여 있던 고향 단치히야말로 그의 모든 문학이 솟구쳐 나온 원천이다.

발트해를 바라보며 동쪽으로는 쾨닉스베르크(현 칼리니그라드), 리투아니아, 라트비아를 마주하고 있는 해안 도시 단치히는 게르만과 슬라브 세계가 만나는 단층선에 위치하고 있다. 600여 년에 걸쳐 독일 문화가 그 주류를 이루어온 단치히는 독일 기사단 시절 이래로 폴란드와 프로이센에 의해, 그리고 17세기에는 스웨덴, 7년 전쟁 당시에는 러시아, 뒤이어 나폴레옹의 해방군에 의해, 마지막으로 1945년 독일의 패전과 함께 소련에 의해 공격받고, 점령당하고, 상실되고, 또다시 새로이 점령당하는 운명에 처해 있었다.

역사적으로 단치히는 한자동맹 도시에 속하며 곡물과 목재가 주 교역물인 무역항으로서의 중요성 때문에 16, 17세기 폴란드의 지배하에서도 정치적 독립이 보장되었다. 한자동맹 소속 상인들은 종종 해안가에 곡물 창고를 짓고 그 위에 자신들의 집을 지었으며, 따라서 단치히에도 한자동맹 소속의 다른 도시들과 마찬가지로 자갈로 포장된 거리 위에 박공이 장식된 건물들이 늘어서게 되었다. 바로 이런 연유에서 단치히는 암스테르담, 브뤼셀, 뤼벡, 베르겐, 메멜 등과 유사한 모습을 보이고 있다.

단치히 자유시

1918년 독일 제2제국의 패배로 단치히는 특수한 상황에 처하게 되었다. 100년이 넘은 분단의 시련으로부터 재탄생한 폴란드는 파리평화협상에서 발틱해로 통하는 회랑의 필요성을 역설했다. 전승국 측은 폴란드의 입장을 옹호하면서도 독일 문화권의 단치히가 갖는 높은 문화적·역사적 가치를 존중한 결과, 단치히와 그 교외를 '단치히 자유시'로 명명하는 동시에 정치적 실권자로 국제연맹의 고등판무관을 임명했다. 이제 자유시 단치히는 제1차 세계대전 이후 유럽 평화의 시금석이자 상징적 도시가 된 것이다. 내륙에 위치한 폴란드는 해안 접근권을 취득하게 되었다.

폴란드 회랑이란 폭이 80~160킬로미터에 이르는 해안을 향한 띠를 말하는 것으로, 그 서쪽으로는 독일 본토가, 동쪽으로는 동프로이센과 쾨닉스베르크가 위치하고 발트해와 만나는 곳에 단치히가 위치해 있었다. 지형적으로 폴란드 회랑은 독일인들이 살고 있는 땅을 관통하지만 타국 지역인 관계로, 폴란드 법에 따라 독일 본토에서 동프로이센으로 가는 독일 기차는 그 출구를 봉하고 창문 커튼도 굳게 닫아야 했다.

면적 2000평방킬로미터인 단치히에서 폴란드는 일련의 상징적 성격의 관할권을 취득했다. 다시 말해 철도권의 통제 외에도 항구로의 자유로운 접근, 폴란드 관세 체제로의 영입, 그리고 『양철북』에서 중요한 역할을 하게 되는 폴란드 우체국의 관리권 등을 가질 수 있었다.

한편 이 같은 단치히와 관련된 일련의 권리 이양보다 더욱 심각한 것은 제국 영토로부터의 단절이었다. 이는 단치히 주민의 80퍼센트를 차지하는 독일인들에게는 원한 맺힌 승전국의 강요된 명령이었다. 그 결과 민족주의는 과격화되고 1931년 이후 나치의 국가사회당은 단치히에서 절대 다수를 차지하게 되었다. 1934년 히틀러 제국과 폴란드의 '장군들의 정권' 사이에는 짧은 접근 기간을 제외하면 1939년까지 두 국가 간 긴장 상황은 고조되었고, 단치히는 제1차 대전과 2차 대전 사이의 20년 동안 실로 분쟁의 씨앗이 되었다.

작가 그라스의 아버지 빌헬름 그라스는 『양철북』의 주인공 오스카의 아버지 마체라트와 마찬가지로 1936년 나치당에 입당했다. 빌헬름 그라스는 전쟁이 끝난 후 아들 그라스에게 동종업종 경쟁자들도 당에 입당했고 그 자신도 "역사적으로 의미심장한 순간에 살고 있으며 거기에 끼어야 한다."고

생각했기 때문이었다며 입당 이유를 설명하기도 했다.

1939년 9월 1일 단치히 항구에 정박 중이던 독일 정기선은 그곳에 주둔해 있던 폴란드 수비대에 폭격을 가하는 것으로 제2차 세계대전의 시작을 알렸다. 그리고 같은 순간 단치히 소속의 나치 돌격대 향토방위군이 폴란드 우체국에 포격을 개시했다.

인종적 · 종교적 · 지리적 경계 상황과 문화적 혼종

작가 그라스의 출생지는 단치히의 교외 랑푸어(현 브르체스츠)이다. 당시에는 주로 소시민들의 거주지였던 이 지역의 폴란드 인구는 20퍼센트가 넘었다. 그라스의 생가는 단치히 서쪽 경계 올리바를 향해 위치해 있었다. 이 같은 지형적 경계 상황은 그라스 주변에서도 되풀이되었다. 그라스의 외가는 카슈브인 지역에서 10여 킬로미터 떨어진 폴란드 회랑에 위치해 있었기 때문에, 경계를 왕래하는 사촌들을 보면서 성장한 그라스에게 부조리한 인위적 경계의 폐해는 남다른 경험이었을 것이다. 또한 그라스 가족 내에서도 이 경계는 존재했다. 가톨릭 카슈브인 어머니와 개신교 독일인 아버지 사이에 태어난 그라스는 인종적으로 이쪽도 저쪽도 아닌 상황을 의미할 수도 있었다. 타 인종 간의 혼인은 제1차 대전 이전에는 여러 인종이 융합되어 살았던 단치히에서는 흔히 볼 수 있는 일이었다. 카슈브인은 폴란드 인종과는 구별되는 독자적 언어와 문화를 보유한 슬라브 인종으로서 농업에 뿌리를 두고 폼메리아와 비스툴라 지역 사이에 수세기에 걸쳐 정착해 살고 있으며, 오늘날에도 약 30만 명이 그곳에 살고 있다.

신교도인 아버지와 가톨릭 신자인 어머니의 상이한 두 종교 간의 결합으로 그라스는 어린 시절부터 타 종교에 대한 관용의 필요성을 익혔다. 다시 말해 그는 가톨릭 환경에서 성장했지만 이교도적인 분위기도 경험하면서 종교적 문제에 관해서는 개방적이 된 것이다. 그라스는 후일 어린 시절의 종교적 경험을 "시각적이고, 청각적이고, 후각적인 자극"이었다고 회고한 바 있다. 당시 단치히의 종교적 분포는 가히 복합적이었다. 대부분의 폴란드인이 가톨릭인 데 반해 독일인은 모두 신교도가 아니었으며, 독일 유대인과 폴란드 유대인의 수가 늘어나고 있었다. 이러한 경계를 뛰어넘는 양면적 혼종의 코스모폴리탄적 상황과 다양성은 후일 '문화민족'으로서의 독일을 호소하고, 더욱 다양하고 다채롭고 유럽적 전통과 부합되는 독일을 촉구하는 그라스의 정치적 입장에 영향을 주었다.

폴란드인, 카슈브인, 독일인, 역사적 과오, 다양한 언어가 내뿜는 음향의 혼합, 문화적·정치적 긴장감 등 이 모든 것은 타고난 이야기꾼 그라스에게 가히 유일무이한 지형적·경험적 공간을 제공한 셈이다. 단치히라는 언어와 인종 그리고 종교적 혼종 공간에서 성장한 그라스에게 슬라브적 혈통은 평생을 통해 자신에게 "당혹스러운 동시에 매혹"의 대상이다. 유대인이나 집시, 이주민 등과 같은 타자(他者)에 대한 그라스의 관심과 그들에 대한 연대 의식은 자신의 슬라브 혈통과 무관하지 않다. 그라스의 모든 예술 장르를 아우르는 삶에 대한 환희, 음식과 와인의 찬양, 춤과 연회, 넘치는 유머는 독일적 유산을 능가하는 것임이 틀림없다.

소시민 환경과 예술가의 꿈

식품점 주인의 아들로 태어난 그라스는 소시민으로서의 자신의 출신을 자랑스럽게 여기는 동시에 소시민 계급이야말로 히틀러 정권을 맹목적으로 지지한 책임을 면할 수 없다고 믿고 있다. 그라스의 아버지는 『양철북』의 등장인물 마체라트와 마찬가지로 종이회사 세일즈맨으로 일하다가 건강이 악화되어 식료품 가게 운영은 전적으로 어머니의 몫으로 돌아갔다. 그라스의 어머니는 피아노를 칠 줄 아는 예술적 감각의 소유자로, 일찍이 그라스의 예술가적 소질을 인식하고 후원을 아끼지 않았다. 그라스는 이를 "소시민들이 예술가를 향한 경외와 경탄이 혼합된 감정"의 소산이라고 말하고 있다. 그라스에게는 외삼촌이 셋 있었는데 각기 작가, 화가, 요리사로서의 소질을 갖고 있었다. 하지만 이들은 전쟁과 질병으로 모두 일찍 사망했다. 그라스는 훗날 외삼촌들의 모든 소질을 혼자서 실현시킨 셈이다. 12세 때부터 그라스는 미래의 직업에 대해 확고한 결심이 서 있었다. 무엇보다도 손재주가 뛰어나 손으로 무언가를 만들고 싶다는 일념에 예술가가 되겠다는, 속될 정도의 강력한 소원을 가지고 있었으며, 조각가 내지 무대장치 미술가를 꿈꾸었다.

소시민으로서 아들의 교육에 남다른 열정을 지녔던 그라스의 부모는 경제적 어려움에도 불구하고 그라스를 1937년 인문계 고등학교인 콘라디움에 입학시켰다. 어린 시절 그라스는 가족 욕실도 없고 화장실도 집 밖의 건물 복도에 이웃과 함께 사용해야 하는, 협소한 방이 둘 있는 아파트에서 여동생과 방을 함께 써야 했다. 그런 환경에서도 그라스는 무척이나 책을 탐독했는데 주위의 소음에도 아랑곳하지 않고 독서하는 습관을 어려서부터 키워나갔다. 한 번은 어머니 헬레네 그라스가 거실 식탁에서 책을 읽으며 과자를 먹고 있는 소년 그라스를 마침 놀러온 이웃 아주머니에게 자랑하기 위해 다음과 같은 장면을 연출해 보였다. 독서에 탐닉해 있던 그라스는 어머니가 시험 삼아 버터케이크 대신 비누 조각을 식탁에 올려놓은 줄도 모르고 한참 동안 비누를 씹다가 나중에야 비로소 그 사실을 알았다고 한다. 당시 그라스의 독서에 대한 열정이 가히 어느 정도였는지 짐작이 된다.

13세의 인문계 고등학생 시절, 그라스는 히틀러유겐트 잡지인 『함께 돕자』 주최로 열린 창작 대회에 중세 카슈브인들의 영웅적 전쟁을 다룬 글을 투고했으나 상을 받지는 못했다. 1940년 나치 독일에서 카슈브인들은 이미 열등한 민족으로 취급받고 있었던 것이다.

제2차 세계대전 발발과 다민족 자유시 단치히

다민족 자유시 단치히의 시민으로 출생한 그라스에게 민족주의란 독일 카이저 제국과 동일시되었으며 통일 제국은 나치 국가를 의미했다. 후일 그라스가 1989~1990년 독일 통일의 시점에 이르러 비판적 입장을 취하게 된 것은 이와 무관하지 않다. 제2차 대전이 발발하기 직전인 1939년 1월 영국은 폴란드의 안전을 보장하는 정책을 발표했다. 그 당시 단치히와 폴란드 회랑을 독일 영토라고 고집하는 히틀러를 저지할지의 여부가 국제 여론의 핫 이슈로 떠올랐다. "단치히를 위해 죽을 것인가?"라는 상징적 질문에서도 나타나듯이, 단치히의 운명은 당시 유럽 국제정치 속의 뜨거운 감자였다.

1939년 9월 1일 제2차 대전의 발발은 당장 그라스 가족에게 죽음을 몰고 왔다. 그라스 어머니의 사촌인 프란츠 삼촌은 『양철북』 속의 얀 브론스키와 마찬가지로 폴란드 우체국을 사수하다 체포되어 군법 재판을 받고 다른 폴란드인 4만여 명과 함께 총살형에 처해졌다. 바야흐로 그라스에게 캬슈브인 친척들과의 접촉이 더 이상 적절치 못한 시대가 온 것이다. 폴란드와 독일 간의 민족주의적 갈등은 『양철북』에서 한 가족사의 미시 세계를 통해 다음과 같이 재현되었다.

오스카의 외조부는 폴란드 민족주의를 위해 싸운 방화범이자 독립 운동가이고, 외할머니는 1918년에 다시 태어난 폴란드를 지지한다. 오스카의 어머니 아그네스의 호감을 사기 위해 그것이 자신의 출세에 불리하게 작용한다는 것을 알면서도 얀 브론스키 역시 폴란드 편에 선다. 카슈브인이지만 독일어를 사용하던 얀으로서는 독일인 자격을 취득할 수 있었는데도 말이다. 1930년대 단치히에 불어 닥칠 위기를 감지한 유대인 상점주 지기스문트 마르쿠스는 오스카의 어머니 아그네스에게 폴란드인 얀을 포기하고 자신과 함께 런던으로 이주할 것을 간곡히 청하는 한편, 그렇지 못할 바에는 독일인 남편 마체라트에 충실할 것을 충고한다. 1937년 독일인과 폴란드인 사이에서 번민하던 어머니 아그네스가 사망한 뒤, 얀과 마체라트는 물론이고 이웃에 사는 독일인들과 오스카 가족과의 관계는 급속도로 소원해져 간다. 얀이 사망하자 그의 카슈브인 미망인은 발트해 지역 나치 농민 지도자인 독일인 엘러스와 재혼하여 독일인이 된다.

패전과 단절 경험

　그라스는 10세에 나치소년단에 입단하고, 14세에 히틀러 유겐트를 거쳐, 17세가 되는 1944년 스스로 "학교로부터의 자유와 해방이라고 착각한" 공군 보조병으로 입대하여 같은 해 최전선 대전차 부대에 투입되었다. 소년 그라스는 히틀러의 신봉자였는가?

　그라스는 자신의 소년 시절을 회상하면서 "죄를 짓기에는 너무 어리고 아무것도 모르기에는 이미 나이가 들은" 자신과 같은 세대에게 주어지는 면죄부적 특권을 거부하는 동시에, "후대에 태어난 은총"을 언급하며 독일인으로서 역사적 책임을 모면해보려는 당시 독일 수상이던 헬무트 콜의 입장을 정면으로 반박한 바 있다. 그라스는 훗날 이렇게 고백하고 있다.

　"나는 1945년 전쟁이 끝날 때까지도 우리의 전쟁이 정당한 전쟁이라고 믿었다."

　1945년 코트부스에서 부상당한 그라스는 미군 포로로 마리엔바드에 있는 군 병원에서 입원 치료를 받았다. 이후 연합군 재교육의 일환으로 다하우 나치 포로수용소를 방문한 그라스는 그곳에서 처음으로 나치의 실상과 마주하게 되었다.

　"우리는 수용소의 목욕실과 화덕을 보고 아무도 믿으려 하지 않았다."

독일인의 이름으로 자행된 대량 학살의 광경에 반신반의 하던 그라스는 당시 대다수의 독일인과 마찬가지로 뉘른베르크 나치 전범재판이 시작되고 나치 청년 지도자 발두어 폰 시라흐의 진술을 라디오에서 듣고 나서야 비로소 진실을 믿게 되었다. 비록 짧은 전투 기간이었지만 그라스가 직면했던 파국적 상황들과 나치 청소년 지도자의 자백은 청년 그라스의 인생관에 결정적인 단절을 의미했다.

이데올로기에 대한 전적인 환멸, 그리고 같은 또래 중에서 '우연히 살아남았다'는 인식은 곧 의미 없이 죽어간 동년배들을 대신하여 살아남은 자가 짊어져야 할 작가로서, 또 한 시민으로서의 의무를 인정하는 것을 의미했다. 패전 직후 독일은 집단적 침묵의 시기였다. 전쟁의 끔찍했던 기억과 죄의식은 청년 그라스에게 비애의 고통스러운 작업을 부과했다. 그리하여 이제까지 자신이 살아왔던 세계가 와해되고, 그 결과로 도출된 윤리적·정치적 기반은 이후 그라스의 예술과 정치의 원천이 되었다.

나는 임시뉴스를 귀에 달고 성장했다. 그리고 승전의 환각에 사로잡혀 살았다. 오로지 전쟁의 성과에 따라 평가된 용맹의 개념은 내 또래 젊은 세대에게는 행복의 개념을 대신했다. 얼마나 오랫동안, 얼마나 우세한 적군에 대항하여, 그 어떤 전술 전략적 상관관계 속에서 진지가 사수되었는지가 오로지 관심의 초점이었다. 몇 천 톤급의 배가 침몰되고 탱크 몇 대가 파괴되었는지가 초미의 관심사였다.[7]

죄의식, 그리고 그 결과

창작의 동인(動因), 아우슈비츠

1945년 이후 서독 내에서 회자되던 이른바 "극복되지 못한 과거"라는 말은, 전쟁과 그에 따른 독일인들의 과오에 대한 죄의식의 건전한 극복을 통해서만 새로운 출발이 가능하다는 생각에서 비롯된 것이다. 후일 그라스는 전쟁 직후의 상황을 "믿음으로 이상주의적 목표를 추구하도록 우둔하게 훈련되고 단련된 상태"라고 회상하고 있다.

나는 비로소 성숙되었다. 이제야, 아니 오히려 그 후 시간이 지남에 따라 나의 청소년 시절이 나팔 소리와 동부 지역에 관한 허튼소리에 은폐된 채 그 어떤 악용의 대상이 되었는지를 명료

하게 알게 되었다. 이제야, 그리고 해가 지날수록 더욱 경악스
럽게 나는 나의 세대의 장래를 담보 삼아 그 어떤 불가사의한
범죄가 저질러졌는지를 파악하게 되었다. 열아홉의 나이로 우
리 민족이 알게 모르게 그 어떤 죄를 축적했으며, 나와 나의 후
대가 그 어떤 부채와 책임을 져야 할지를 예감하기 시작했다.[8]

바로 이 독일인의 자아도취에서 생겨난 총체적인, 그리고
계급 격차는 물론 종교적 차이까지 포괄하는 우둔함, 예를 들
어 "군기(軍旗)는 죽음보다 귀하다."라는 등의 아우슈비츠라
는 이름으로 포괄되는 복합적인 죄의식은 청년 그라스에게
도전 대상이 되었다. 아우슈비츠와 관련된 사태의 본질을 깨
닫고 나서야 그라스는 아우슈비츠는 '배척할 수도 극복할 수
도 없는 치욕'이라는 인식에 도달하게 되었다. 예술가가 되
려는 세속적(?) 소망에 가득 찬 그에게 아우슈비츠는 예술이
란 수단을 통해 극복되어야 할 대상이었다.

독일의 철학자 아도르노가 "문명사의 휴지(休止)이자 불
치의 파산"이라고 명명한 아우슈비츠로 대표되는 독일의 죄
와 치욕은 그라스의 예술가적 성장의 시금석이 되었다. "아
우슈비츠 이후에 시를 쓴다는 것은 야만적이다. 그것은 인식
까지도 갉아먹는다. 때문에 오늘날 시를 쓴다는 것이 불가능
해진 것이다."라는 전쟁 후 아도르노의 구약성서의 성서적

'금지'는 오늘날에 이르기까지 예술가 그라스에게 방향을 제시해주는 봉화와 같은 역할을 하고 있다.

아우슈비츠 이후 예술 활동은 이전과 같이 가능한가? 이 아도르노의 정언에 대한 청년 그라스의 입장은 무엇보다 반항 그것이었다. 그라스는 글쓰기에 대해 심각한 우려를 할 여유도 없었고, 예술가로서 침묵해야 할 의도 또한 추호도 없었다. 이 새로운 정언 명령과 같은 추정적 금지 목록에 맞서 그라스는 공공연한 저항의 입장을 결쳤다. 사실 아도르노가 이 말을 한 진짜 의도는 아우슈비츠라는 이름의 문명의 파멸 이후 아우슈비츠를 모든 정신적 입장의 척도로 삼고자 하는 데 있었다. 하지만 그라스를 위시한 당시의 세대들은 이 아도르노의 정언을 협의(狹義)로 이해함으로써 이 금지 명령이야말로 야만적 행위라고 오히려 반박했던 것이다.

아도르노의 정언은 오로지 글로써, 즉 아우슈비츠라는 상처를 노출시키고 과거로의 기억화 과정을 통해서만 반박될 수 있다고 그라스는 오늘날까지도 믿고 있다. 바로 이와 같은 과거의 현재적 의미를 묻는 연유로 해서 그라스는 1989년 독일 통일을 앞두고 다음과 같은 주장을 하게 된다.

"독일에 대해 사려하는 자라면, 독일 문제에 대해 대답을 구하는 자라면 동시에 아우슈비츠도 같이 고려해야만 한다."

그라스에게 과거와 현재는 여러 겹으로 교차하는 동시에 평

그라스가 그린 단치히 삼부작의 세 가지 모티브의 몽타주.

행하여 진행되거나 가끔은 충돌하기도 한다. 1969년 서독 총선거에서의 그의 현실 정치 참여가 창작 계기가 된 산문 『달팽이의 일기로부터』(1972)에서 그라스는 작가로서의 근본 입장을 '동시대인' 이라고 정의하고 있다.

"작가란 사라져 가는 시간에 거역해서 글을 쓰는 사람이다."

죄의식과 수치심은 그라스에게 서독의 전후 복고시대 현실과의 논쟁을 위한 전제조건이다. 흔히 '단치히 삼부작' 이라 불리는 단치히를 무대로 소시민의 사회적 환경을 공유한 그라스의 세 작품, 『양철북』(1959), 『고양이와 쥐』(1961), 『개들의 해』(1963) 의 주제는 단치히의 전전(戰前) 시대, 전중(戰中) 시대, 서독의 전후(戰後) 시대를 배경으로 한 죄의식과 수치심의 문제라고 할 수 있다. 이는 당시 서독에서 횡행하던 나치 시대를 악마화하는 경향에 정면으로 반하여 구상된 문학적 복안이다. 소시민 출신의 어린이와 청소년들은 이 세 작품의 중심에 서 있다. 그리고 상이한 정도의 죄책감과 강박관념에 시달리며 성인이 된 그들은 자신들의 과거를 소설 속에 재구성하고 있다.

그라스의 예술가적 태동기

전후 가족과의 만남

전쟁 직후는 그라스에게 오직 생존만을 위한 시기였다. 1946년 바이에른의 미군 포로수용소에서 풀려난 19세의 그라스는 가족들의 생사도 모르는 채 붕괴된 독일을 방랑했다. 그는 쾰른의 암시장, 자르 지방의 농장 노동자 생활을 거쳐 하노버 근처 힐데스하임 칼륨 광산에서 일자리를 찾았다. 이곳 지하 탄광에서 청년 그라스는 바이마르 공화국 패망의 원인이 되었던 상이한 정치 이데올로기들의 첨예한 갈등을 간접적으로 경험했다. 전직 나치와 그 동조자들, 공산주의자, 사회민주주의자들의 지하 갱도 속에서 벌어지는 논쟁 속에서 그라스는 좌우를 막론하고 협착한 이데올로기란 인간을 예속의 길로 몰고 갈 수박에 없다는 것을 뼈저리게 깨달았다. 이곳에서 그는 정의의 개념에 기반을 둔 사회민주주의적 입장을 처음으로 체험하게 되었다.

1946년 12월 마침내 그라스는 적십자회의 도움으로 고향을 잃고 피난 온 가족을 쾰른 근처 농장에서 찾을 수 있었다. 당시 피난민이던 그라스의 부모가 같은 독일인들로부터 인간 이하의 대접을 받는 광경은 청년 그라스에게 또 다른 충격으로 작용했다. 전쟁과 피난의 시련 속에 몸과 정신이 피폐되어 침묵에 휩싸여 있던 부모와의 만남은 그라스에게 참을 수 없는 고통이었다. 이때 그라스는 어머니 헬레네를 비롯한 단치히의 부녀자들이 소련 점령군들에게 겁탈당한 사실도, 어머니는 그라스의 어린 여동생을 보호하기 위해 연속적으로 소련군들에게 자신의 희생을 감내했다는 사실도 알게 되었다.

그라스 가족의 이 비극적 사건은 『양철북』에서 채소상 부인 리나 그렙의 겁탈 장면으로 재현된다. 오스카의 이복동생을 안고 있던 마리아는 무사한 데 반해, 집단 폭행을 당하는 그렙 부인의 묘사는 작가의 떨쳐버리고 싶은 고통스런 기억의 문학적 자리바꿈인 셈이다.

예술가로서의 수업 시대

어린 시절부터 끊임없는 독서와 스케치를 통해 예술적 감수성을 키워왔던 그라스에게 당시의 기성세대에 대한 냉소주의와 경멸의 나락 속으로 그 자신을 빠지지 않도록 지탱해준 것은 오로지 예술이었다. 아들이 상인이 되기를 바라는 아버지와 자신의 장래에 관해 이견을 좁히지 못하던 그라스는 마침내 조형예술을 배우기 위해 1947년 1월 뒤셀도르프 예술아카데미로 향했다. 때마침 예술학교는 난방 연료의 부족으로 휴교 중이었다. 그라스는 묘석 석공 일을 배우며 전쟁으로 파괴된 기념물들과 건물 외벽을 수리하는 일을 했다. 그는 프란체스코 수도회 신부가 운영하는 가톨릭 자선 시설에서 기거했는데, 그곳에서 그라스는 10명에 달하는 사람들과 한방을 쓰면서 양로원에 살고 있는 노인들의 초상화를 그려주기도 했다. 수도원장은 그라스에게 신앙심을 독려해주는 한편으로 트라클, 아폴리네르, 보들레르의 시집을 소개해주

(위) 1949~1950년 뒤셀도르프 예술아카데미 시절의 그라스(맨 오른쪽).
(아래) 1951~1952년 뒤셀도르프 재즈 트리오 시절의 그라스(왼쪽).

기도 했다. 1948년부터 1952년까지 뒤셀도르프 예술학교 재학 시절 그라스는 점토와 청동, 그래픽 작업을 했다. 그뿐 아니라 재즈 클럽에서 빨래판을 두들기며 돈을 벌기도 했다. 1952년에는 봄여름에 걸쳐 프랑스와 이탈리아로 배낭여행을 다니며 그림을 그리고 시도 썼다.

"무일푼의 나는 포장지 위에 그림을 그리고, 끊임없이 글을 썼다. 언어는 설사처럼 흘러나왔다."

전쟁으로부터 서독의 회복과 재건은 무척이나 빠르게 진행되었다. 자신의 끓어오르는 창조적 에너지를 되찾기 위해 그라스는 고통의 현실을 목도해야만 했다. 그는 경제 부흥의 전초가 이미 보이기 시작하는 서부 독일 뒤셀도르프의 소시민적 안락함을 뒤로 하고 패전의 잔해가 도처에 남아 있는, 한국전쟁 후 냉전의 분위기가 감돌기 시작하는 베를린으로 향했다. 소련군의 점령과 베를린 봉쇄(1948~1949)의 악몽이 아직 채 사라지지 않은 베를린에 정착한 그라스는 곧이어 1953년 6월 17일 동베를린 노동자 봉기의 산증인이 된다.

구상예술에의 귀의

1948년부터 1956년에 이르는 뒤셀도르프와 베를린 예술학교 재학 시절은 그라스에게 예술가적 형성기였다. 당시 그는 추상적 혹은 절대적 예술관에 반하는 구상적 예술의 옹호자였다. 나치 이데올로기의 맹목적인 추종과 그로부터의 환멸을 경험했던 그라스가 오늘날까지 모든 감각적인 것에 매료되어 시각적·청각적·촉각적 경험에 집착하게 된 것은 바로 이러한 조형예술가로서의 교육을 통해서이다. 구상성은 이론을 앞서며, 추상성은 구체성으로부터 출발하며, 이념은 감각적 지각과 "순간을 붙잡은" 후에야 얻어질 수 있다는 그라스의 입장은 청년기 조형예술 수업과 그의 예술가적 발전 과정에서 기인한 것이다. "대상에의 집착"은 그라스의 예술적 신조이다. 전후 서독 미술계를 양분한 구상과 추상의 대립 속에서 그라스는 일찍이 예술적 표현에서 대상성의 옹호라는 자신의 조형예술관을 확립했으며, 이는 50여 년이 지난 오늘날에도 그의 문학적 창작의 근본 입장을 이루고 있다. 베를린 조형예술학교에서 그라스의 스승 칼 하르퉁 교수의 예술 교육의 모토는 "자연, 하지만 의식적으로"였는데, 이는 학생들에게 구체적 대상에 충실할 것을 요청하는 것이었다.

당시 서독 조형예술계에서는 구상적 예술과 비구상적 예술 방향의 두 입장 사이에 격렬한 논쟁이 진행 중이었다. 한편에서는 나치 예술의 멍에를 벗고 서방의 예술언어를 공유해야 한다는 명제와 다른 한편에서는 나치의 예술적 정체성을 극복해야 한다는 두 목표가 동시에 충족되어야 했다. 이런 상황 속에서 국제적이고 상징언어적인 보편성을 이유로 해서 추상예술은 당시 가장 적합한 예술 사조로 부상할 수 있게 되었다. 추상 혹은 절대 예술은 나치에 의해 퇴화 예술이라며 저주받았었기 때문에 더욱 그 정당성을 획득한 듯했다. 반면에 나치적 감상성의 예찬에 대한 기억이 너무도 생생했던 당시에 구상성의 옹호는 일면 도발적 성격을 띠는 동시에, 보수적이라는 비난과 아울러 사회주의적 사실주의의 문화에 경도된 것이 아니냐는 의심을 받는 상황이었다.

이 같은 배경 속에서 그라스는 예술의 정치적 도구화를 거부하고 예술의 자유를 옹호하는 입장이었다. 이 목적을 도달하기 위해 예술은 구체적 묘사를 그 수단으로 해야 했다. 오로지 대상을 향한 충실함만이 예술가의 입장을 객관적으로 명료하게 전달할 수 있고, 이로써 예술은 사회 구조와의 연관 속에서 자율적 예술의 영역을 주장할 수 있게 된다는 것이다.

조형예술에서의 구상성에 대한 그라스의 집착은 예술의 가시적 현실과의 연관성을 더욱 공고히 하는 기능을 지닌다고 할 수 있다. 요컨대 구상, 구체, 감각 등이 이론, 추상, 이념에 우선한다는 그라스의 입장은 그가 시나 소설을 쓰기 이전에 입문했던 조형미술적 견지에서 유래한 것으로서 구체적 대상, 가시적인 것, 검증 가능한 것, 느낄 수 있는 것 등에 대한 집착은 그의 문학과 조형예술 세계뿐 아니라 예술과 정치 참여 간의 창조적 균형을 가능하게 하는 데도 기여했다.

상실의 문학

문학의 전제로서의 상실

처음 온 것은 루기인이었다. 그러고 나서 고트인과 게피트인이 오고, 그 후에 오스카의 직계 조상인 카슈브인이 왔다. 그리고 곧 프라하 출신의 아달베르트라는 폴란드인이 왔다. 이 사나이는 십자가를 가지고 왔는데, 캬슈브인 혹은 프루쯔인에 의해 도끼로 살해당했다. 이 사건은 한 어촌에서 일어났으며, 이 마을 이름은 그다니쯔였다. 그다니쯔는 단치크가 되고, 단치크는 단치히(Dantzig)가 되며, 나중에 단치히(Danzig)로 철자가 바뀐다. 오늘날 단치히는 그다인스크라고 불린다.[9]

고향 단치히의 파괴, 뒤이은 피난, 그리고 추방의 경험은 그라스의 문학과 정치적 입장에 또 다른 결정적 요인으로 작용한다. 실로 그라스의 모든 문학 작품은 잃어버린 고향과 사라져 버린 어린 시절, 그로 인한 비애의 문학적 승화이자 기념비이다. 그라스는 결핍이 부여하는 마르지 않는 문학적 영감을 이야기하고 있다. '문학은 상실을 전제로 한다."는 주장은 그라스 문학의 요체이다.

1944년 고향을 떠난 그라스는 『양철북』의 집필을 마무리하기 위해 피난 후 처음으로 1958년에 그다인스크를 방문했다. 전쟁으로 폐허가 된 단치히를 폴란드 측에서 지대한 노력을 기울여 복구 작업을 했지만, 그라스는 이 복구된 도시 그다인스크에서 자신이 생활했던 예전 단치히의 모습을 다시 발견하기는 어려웠다. 이후 그는 자신의 문학 작품 속에 단치히를 부활시킴으로써 정치적·물질적으로 상실한 고향을 문학을 통해 복원했다. 노벨레 『고양이와 쥐』(1961), 장편소설 『개들의 해』(1963)와 『넙치』(1977)를 비롯하여,

1962년 베를린에서 『개들의 해』를 집필 중인 그라스. 글을 쓰거나 그림을 그릴 때 그라스는 항상 서서 작업을 한다.

후기 인류 시대를 다루는 산문 『암쥐』(1986)와 『나의 세기』 (1999), 노벨레 『게걸음 치면서』(2002)에 이르기까지 그의 작품들은 단치히를 무대로 유럽 역사의 중심이 아닌 주변으로부터의 글쓰기의 전형을 보여주고 있다.

만연하는 외국인 적대 행위와 독일 정부의 우경화 현상을 계기로 1992년 뮌헨에서 행한 「상실에 관한 연설」에서 그라스는 자신이 "상실의 미학"이라 명명한 것에 대해 다음과 같이 설명하고 있다.

> 내 책의 대부분은 이제는 사라져 버린 단치히 시와 그곳의 구릉지고 평평한 교외, 그리고 잔잔하게 파도치는 발트해를 문학으로 되살리고 있습니다. 그다인스크 또한 세월이 지남에 따라 계속 쓰이는 주제가 되었습니다. 상실은 나를 달변으로 만들었습니다. 오로지 완전히 잃어버린 것만이 열정적으로 끝없는 명명을 요구합니다. 사라진 대상을 그것이 다시금 나타날 때까지 이름을 부르는 광기, 문학의 전제로서의 상실, 나는 나의 이 경험을 논제로서 세상에 유포시키고자 합니다.[10]

독일이 스스로 전쟁을 발발시킨 죄에서 비롯된 실향은 되돌릴 수 없는 상실이라는 주장을 그라스는 1960년대 이래로 펴오고 있다. 그는 기민당과 기사당의 연정이 내세우는 조국

통일의 약속과 1937년의 국경 회복 약속은 고향으로부터의
"추방자"라 불리는 슐레지엔, 동(東)포메라니아, 동(東)프로
이센 출신 실향민들을 두마하기 위한 제스처이고 기만이라
며 비판했다. 또한 그는 1970년 독일과 폴란드 간의 바르샤
바 협정을 계기로 "지리적 손실을 문화적 이득으로 회복한
다."고 말하면서 인명적·지리적 손실을 뛰어넘어 문화의 새
로운 차원을 실향의 담론에 도입시켰다. 그는 실지 회복 운동
에서 말하는 영토의 '평화적 재탈환'과 '향토권' 등을 "내용
없는 미사여구"로 규정하고, 이를 역사적 사실을 무시하는
것을 미덕으로 삼는 우매함에 근거한다고 비판했다.

상실의 미학과 민족 정체성

그라스의 상실의 미학은 또한 신(新)민족이동의 시대에 민
족 정체성을 설정하는 데 이바지하게 된다. 즉, 정치적·이데
올로기적 분단이 야기한 독일의 민족 정체성의 결함을 문학
과 문화적 투영을 통한 새로운 정체성 정립으로 극복한다는
것이다. 국가민족과 더비되는 문화민족으로의 지향은 정치
적·이데올로기적 경계 긋기가 아닌, 문학적·문화적 경계 넘
기를 통한 정체성을 추구하는 것이다. 이것은 다름 아닌 민족
의 정체성을 구축하는 데 있어서 정치에 대비되는 독일 역사
에서의 문학적 우위라는 전통의 계승이다.

지난날의 제후나 오늘날의 정치가라는 자들의 민족 문제에 대한 착상이란 것은 국가적 분권주의, 아니면 과대망상적 민족주의에 불과했습니다. 이에 비해 로가우와 레씽, 헤르더와 하이네를 거쳐 뵐과 비어만에 이르는 작가들이야말로 항상 더 나은 애국자였습니다. 그들이야말로 애국자인 동시에 세계주의자로서 민족주의적 절규나 소심한 경계 긋기 없이 그들의 조국을 노래했고, 사회의 여러 계층을 재현했으며, 민족의 언어를 풍요롭게 했습니다. 그리하여 비판적 시각으로, 다시 말해 맹목적이 아닌 면밀한 자세로 조국을 사랑한 것입니다. 그들의 통일을 향한 외침은 힘의 집합이 아니었으며, 그들의 위대함에 대한 요구는 결코 패권 추구가 아니었습니다. 그들의 풍요함이란 독일 민족의 문화적 다양함이었습니다. 독일 역사가 그들의 충고에 귀 기울이지 않았다는 사실이 이 나라의 파국적 과정을 증명해주고 있습니다.[11]

그라스는 1979년의 아시아 여행을 계기로 제3세계와의 빈부 격차 및 인구 과잉 문제 속에 독일인의 정체성과 인간 발전의 문제를 다룬 산문 『뇌산, 독일인은 멸종되다』(1980)를 발표했다. 이 작품에서 그는 분열과 분단의 독일 역사를 가로질러 이를 극복하고 나름대로 민족의 정체성을 지켜온 것은 오로지 독일 작가들의 공로라고 주장하면서 문학적 개념으로서의 독일을 제안했다.

"오직 문학과 그 안감으로서의 역사, 신화, 죄의식, 그리고 여타 침전물들이 독일의 정체성을 구현한다."라는 그라스의 문화민족 개념은 단순한 정치적 통일의 부재에 대한 대안이 아닌, 민족 이동으로 특징 지워지는 탈(脫)민족주의 시대의 정체성 확장에 기여하게 된다.

경계 넘기와 정체성 확장

『자정의 아이들』『악마의 시』 등을 쓴 봄베이 출신의 저명한 작가 살만 루시디는 그라스를 자신의 문학적 스승이라고 공언하고 있다. 루시디는 20세기의 문학을 실향과 강요된 민족이동 시대의 문학으로 규정하면서 그라스를 "이주(移住)의 20세기"의 대표 주자라고 일컫는다.

> 따라서 그라스는 민족이동 시대의 문학에서 중심적 인물이다. 아마도 이주자야말로 20세기의 중심적이며 척도 역할을 하는 인물이 아닐까 한다. 살던 도시를 잃어버린 많은 이주자와 마찬가지로 그라스도 자신의 도시를 그의 가방 속에서 다시 찾아 오랜 양철통에 넣어두었다. 밀란 쿤데라의 프라하, 제임스 조이스의 더블린, 그라스의 단치히. 망명자, 피난민, 이주자들은 그들의 가방 속에 많은 도시를 넣고 다닌다.[12]

루시디에 의하면, 그라스에게서 볼 수 있는 지리적·언어적·사회적 단절이라는 3중으로 자신의 뿌리로부터 단절된 경계 넘기 문학의 특징은 이주자들이 갖는 은유적 시야이다. 또한 절대적 지식에 대한 회의적인 입장은 물론 이견에 대한 관용 역시 그라스와 같은 이주자들의 또 다른 특징이다. 그라스의 조형미술가로서의 특징에서 유래한다고도 할 수 있는 그의 문학에서의 구상적 특징을 루시디는 이주자의 본질적 성격으로 이해하고 있다. 왜냐하면 잃어버린 고향을 떠올리기 위해서는 '구상적' 사고가 필수적이기 때문이라는 것이다.

스스로를 유랑인으로 간주하며 한곳에 뿌리박기를 대수롭지 않게 여기는 그라스에게 실향의 경험은 이질자를 향한 호기심을 강화시켰고, 경계를 넘는 정체성을 추구하게 해주었다.

작든 크든 세습 토지에 사는 사람에 비해 고향을 잃은 사람들의 시야는 더 넓게 퍼져 있습니다. 그 어떤 이데올로기도 나의 상실을 고양(高揚)시킬 수 없으므로. 왜냐하면 그 어떤 순수 독일적인 것이 사라진 것도 아니며, 순수 폴란드적인 것이 재탈환된 것도 아니기 때문입니다. 나는 나 스스로를 독일인으로 파악하는 데 그 어떤 민족주의적 지팡이를 필요로 하지 않습니다.[13]

　이와 같은 경계 넘기는 독일인에게 결핍된 현상으로서 독일인의 유랑민적 특징의 부족에서 오는 보상 심리는 다름 아닌 경계 내의 타자에게로 투영되었다. 독일인은 경계 넘기에 익숙한 타자들의 국제적 성격과 가동성을 부러워하게 되는 반면, 그 타자는 바로 이 같은 속성으로 인해 두려움과 증오의 대상으로 변해 독일인에 의해 핍박을 받게 되었다는 것이다.

　　독일인에게 부족한 것이 무엇이란 말인가? 아마도 우리에게 부족한 것은 그들이 이질적이고 그렇게 보이기 때문에 우리가 두려워하는 바로 그들일지도 모른다. 그들에 대한 두려움에서 비롯하여 우리가 증오로 답하다가 그 증오가 이제 와서는 일상적 폭력으로 돌변하는 바로 그들이 우리에겐 부족하다. 아마도 우리에겐 경멸적 가치척도의 최하단에 위치한 그들이 부족한 것이다. 관습적으로 집시라 불리는 로마와 신티가 바로 그들이다.[14)]

　그라스가 "가장 오래된 유럽인"이라 지칭하는, 흔히 집시라 불리는 로마와 신티는 그라스에게는 1986년부터 이듬해 1월까지 6개월간 몸소 문화체험을 한 바 있는 인도 캘커타의 거리 주거자나 불가촉천민(不可觸賤民)과 같은 기능을 갖는다. 그들의 타자성은 독일인들로 하여금 자신들의 정체성의 본질을 성찰하게 하며 그것을 문제시하게 한다.

> 그들은 다르기 때문이다. 다르다 못해 다른 것보다 더 다르기 때문이다. 도둑질을 하며 안절부절못하고 이리저리 접시 짓을 하며, 악한 눈빛을 가진 데다 우리를 추하게 보이게 하는 생소한 아름다움을 가지고 있기 때문에. 또 그들의 존재는 우리의 가치 체계를 의문시하기 때문에. 또한 기껏해야 그들은 오페라나 소가극에 쓸모가 있을 뿐이며, 사실을 말하자면—그것이 너무 심한 표현이고 무언가 끔찍했던 일을 연상시킨다 해도—그들은 반사회적이고 변종이며 무가치하기 때문에.[15]

집시의 타자성은 어느덧 사라져 버린 경계를 뛰어넘는 독일인의 정체성 확장의 잠재력을 기억시키고 환기시키는 역할을 한다. 타자는 독일인이 그쪽으로 나아가야 할 지표인 것이다.

> 그렇게 많은 손실 뒤에 그들은 우리에게 이득이 될 것이다. 그들은 우리에게 경계란 얼마나 무용한 것인지를 가르쳐줄 수 있을 것이다. 왜냐하면 신티와 로마 족은 경계를 모른다. 집시에게는 유럽 그 어느 곳도 자신들의 고향이며, 그들이야말로 우리가 스스로 자처하는 타고난 유럽인이다.[16]

3 장 ___ 작품론

Günter Grass

부조리한 상황의 부서진 인간상

1956년 그라스는 소설 집필을 위해 파리로 이주했다. 그곳 파리에서 바라본 서독은 전쟁의 과오를 한순간에 씻어버린 채 오로지 미래만을 바라보는 복고주의에 접어든 서방국가일 따름이었다. 그라스는 서독의 1950년대를 독일어의 "가짜 50전(falsche Fünfziger)"과 동음이의어인 "가짜 50년대"로 명명하는데, 이는 제2차 대전에서의 패전이라는 멍에에도 불구하고 서독의 군대 창설, 나토 가입, 서방 편입 등을 통해 어느덧 승자의 편에 선 서독의 서방화(西方化)의 결과, 스스로의 과오와 죄의식을 배척한 시대의 기만을 지칭하는 말이다. 나치에 직·간접적으로 연류되었던 사람들은 이미 서독 사회의 각계각층에서 명망가로 탈바꿈한 뒤였다. 과거를 은폐하고 미화하고 변용시키는 복고주의는 영원한 인문주의의 이상향으로서 공공연하게 괴테 숭배를 내세우고 있었으며, 나치 시대의 과오와 무조건적 항복은 이제 '대변동' 이라는 용어가 암시하듯 피할 수 없는 운명적 사건으로 치부되고 있었다. "독일의 영혼은 짓밟히고" 혹은 "바야흐로 독일에 어두움이 찾아왔을 때"라는 표현에서 보듯이, 소위 나치 시대를 악마시하는 경향은 사악한 외부의 힘에 굴복한 죄 없는 독일인들의 자아상을 날조해냈던 것이다. 그라스는 당시의 상황에 대한 자신의 분노를 이렇게 표현하고 있다.

> 아무 죄도 없는 독일 민족이 검은 유니폼을 입고 해골 표시를 한 사악한 귀신들에 의해 미혹당했다는 신화를 사람들은 감지덕지 받아들이고 믿었으며, 역사는 날조되고, 기억은 억압되었다.[17]

이는 그라스 자신이 경험한 나치 시대의 독일인 모습과는 전혀 다른 것이었다. 그라스에게 독일의 과거와 전후(戰後) 서독의 그로테스크한 심리적 지형도는 쓰여야 할 '탐욕스러운 주제' 가 되었다. 이는 문학적 형식을 고대하는 "내용으로서의 저항"의 역할을 하게 된 것이다. 전후 동독의 사회주의적 교조주의와는 달리 서독의 세속적 자본주의와 반공 이데

올로기 이외에는 그 어떤 이데올로기도 부재한 상황 속에 카
뮈는 청년 그라스에게 그 누구보다 영향력을 발휘했다.

> 전쟁 중이던 1943년 카뮈는 에세이를 발표했다. 1950년대 초 나
> 는 「시지포스의 신화」를 읽었다. 그러나 그 이전의 소위 부조리
> 라는 것에 관한 지식이 전무한 채 어리석은 상태로 전쟁에서 벗
> 어난 스무 살의 나는 모든 존재의 문제와 실존주의에 친근감을
> 느꼈다. 기독교적 마르크스주의가 주창하는 희망의 반죽에 혐오
> 감을 느낀 내게 부조리의 개념이 사람의 모습을 띠게 되고 저주
> 와 형벌을 비웃는 유쾌한 돌 굴리는 사람이 등장하여 나는 나의
> 돌을 찾게 되었고, 그 돌과 함께 행복을 찾게 되었다. 그것은 나
> 에게 의미를 부여했다. 그 어떤 신들도 스스로 굴복하여 돌을 산
> 위에 머물게 하지 못하는 한 내게서 그것을 빼앗지는 못한다.[18]

그라스에게 필요한 것은 이 같은 부조리한 상황의 부서진
인간상을 이데올로기의 여과 없이 노정시킬 수 있는 오목거
울이었다. 인간의 좌절 상황을 감상주의나 형이상학적 고공
비행 혹은 신화 속으로의 도주 없이 마치 소극(笑劇)에서와
같은 인간 희극을 보여주고자 했던 것이다. 이를 위해 역사가
의 눈이 미치지 못하는 문학만이 도달할 수 있는 크고 작은
범죄에 연루된 당사자의 시야가 필요하게 된 것이다.

서사의 배종으로서의 그라스의 시

『양철북』의 소설가로 명성을 얻기 전 그라스는 오랜 기간 시를 써온 시인이었다. 그는 시작(詩作)을 자신의 예술적 창작의 배종(胚種)으로 간주하면서 그래픽, 조형예술과 함께 시야말로 "나 자신을 새로 인식하고 측량할 수 있는 가장 정확한 도구"라고 이야기하고 있다. 그의 초기 시들 가운데는 소설 『양철북』의 서사적 착상의 단초가 수없이 발견된다. 1952년 봄여름에 걸쳐 이탈리아와 프랑스를 히치하이킹으로 여행하던 중에 쓴 「기둥 위의 은둔자」는 『양철북』을 예고하는 첫 번째 시라고 할 수 있다.

한 젊은 남자는 시대의 유행에 따라 실존주의자다. 직업은 미장이. 그는 우리 시대에 살고 있다. 닥치는 대로 독서를 해서 얻은 지식으로 그는 인용에 능하다. 복지사회가 되기 이전부터 그는 호경기에 질력이 나 있다. 실로 구토에 매혹당해 있다. 그리하여 그는 자신이 사는 이름 없는 조그만 마을 한가운데 기둥을 세우고 그 위에 자신의 몸을 묶고 자리를 잡았다. 욕을 하는 그의 어머니는 장대로 그릇에 담긴 음식을 전해준다. 기둥 주위를 돌고 있는 소도시의 차들, 그의 친구들, 경쟁자들, 그리고 그를 지켜보는 사람들. 원주 위의 은둔자는 이 모든 것을 초월하여 아래를 내려다보면서 여유 있게 두 다리에 번갈아 체중을 실어가며 자신의 시점을 찾더니 메타포를 실어 반응을 했다.[19]

현실에서 떨어져 있는 시점을 찾던 그라스에게 원주 위의 은둔자는 너무도 정적이었다. 같은 해 여행길에 오른 그라스는 어느 날 오후 커피를 마시는 어른들 사이에서 양철북을 목에 건 세 살짜리 어린이를 우연히 발견하게 되었다.

"세 살 어린이는 자아를 망각한 듯이 자신의 악기에 빠져, 오후에 한가하게 커피를 마시고 있는 어른들의 세계를 무시하고 있다."

1955년에 발표된 그라스의 서정시 「폴란드의 깃발」에는 폴란드가 처한 정치적 상황 속에서도 꺼지지 않는 작가의 항거 정신이 뚜렷이 배어나오고 있다.

폴란드의 깃발

항거 속에 분명해진 이 피로부터 나온

많은 버찌들은 침대에 붉은 상감물을 권유한다.

첫서리에 무들을 세고 연못들은 눈이 먼다.

지평선 위로 감자불이 올라간다.

연기 속에 반쯤 잠긴 남자들.

날은 짧아지고 찬장 속의 사과들

얼어버린 자유는 이제 화덕 속에서 타고 있다.

아이들에게는 죽을 끓이고 무릎을 붉게 칠한다.

잔치 속에 가득한 눈빛 두건

필쥬스키의 심장, 다섯 번째 말굽이

촌장이 올 때까지 헛간을 두드린다.

깃발이 무늬 없이 피를 흘린다.

그렇게 겨울이 찾아오고 늑대를 쫓는

걸음은 바르샤바를 찾는다.

냉전과 철의 장막으로 동서의 갈등이 첨예화된 그때 옛 독일 영토에서 추방되어온 서독인들에게 폴란드는 잃어버린 고향이자 갈 수 없는 '적'의 진영이었다. 그라스는 이 시에서 잃어버린 고향의 추억을 바탕으로 이제는 정치적 암흑기에 처해 있는 폴란드를 노래하고 있다.

하지만 그라스의 회고는 감상적인 기억만으로 그치지 않는다. 이 시에 등장하는 감자불, 무, 버찌, 사과, 붉은 상감물 등은 한결같이 붉은색 아니면 흰색이다. 이 두 가지 색은 폴란드 국가의 상징이며, 붉은색은 피로 대표되는 항거의 색이기도 하다. 또한 남자들을 보이지 않게 만드는 감자불의 연기, 흰색의 무, 첫서리, 눈빛 두건도 모두 흰색이다. 역시 흰색인 겨울은 정치적 마비와 동결 상황을 의미한다. 강대국 사이에서 분할과 분단의 역사를 경험한 폴란드인들의 역사를 집약적으로 표현한다면 그것은 마비와 항거가 될 것이다.

그라스는 1920년 소련에 맞서 '바익셀 강의 기적'을 연출한 폴란드의 영웅 필쥬스키를 언급한다. 마지막으로 폴란드 공산 정권의 심장부인 도시명 바르샤바는 독일인들에게 1943년 나치에 의한 바르샤바 게토 진압으로 기억에 남아 있다. 이는 또한 아우슈비츠로 대표되는 독일인의 죄의식을 의미한다. 「폴란드의 깃발」을 계기로 폴란드와 고향 단치히는 그라스에게 예술적 형상화의 대상으로 자리 잡게 된다.

　1954년 그라스의 어머니 헬레네 그라스는 56세의 나이에 암으로 사망했다. 유년 시절부터 그라스의 예술적 소질을 함양시키는 데 지원을 아끼지 않았던 어머니의 죽음은 그라스에게 창작을 위한 새로운 자극이 되었다. 그라스의 『양철북』은 너무도 일찍 세상을 떠난 어머니를 위한 진혼곡이었다. 그라스는 1999년에 발표한 산문 『나의 세기』 속에 어머니를 부활시켰다. 각 연도별로 상이한 1인칭 서술자가 등장하여 20세기를 회고하는 이 소설 속 마지막 연도에는 이제 103세가 된 어머니 헬레네 그라스가 자신의 지나온 삶과 미처 현실에서 이루지 못한 꿈을 이야기한다.

　1956년 발표된 그라스의 또 다른 시 「양철 음악」에서는 더욱 구체적으로 『양철북』의 주인공 모습이 발견되고 있다.

양철 음악

당시 우리는 트럼펫 속에서 자고 있었다.

그곳은 매우 고요하였다.

우리는 그 어떤 신호를 꿈꾸지도 않고

마치 증명이라도 하듯이

열린 입으로 골짜기에 누워.

우리가 내뱉어지기 전 당시에.

머리에 신문으로 접은 모자를 쓴 사람은

아이인가?

명령에 따라 그림책에서 뛰쳐나온

미친 헝가리 기병인가?

죽음은 이미 그 당시

그것의 날인에 입김을 불어넣었다.

오늘날 나는 누가 우리를 깨웠는지 모른다.

병 속의 꽃으로

혹은 설탕 그릇으로 변장을 하고

커피를 마시며 자신의 양심을 질문하는

모든 사람에 의해 위협받으며.

설탕 한 조각 혹은 두 조각, 아니면 세 조각.

이제 우리와 함께 우리의 짐이 날아간다.

(중략)

당시 우리는 트럼펫 속에서 자고 있었다.

(하략)

이상향으로서 태아의 상황을 그리워하고 그곳으로 되돌

아가기를 염원하는 퇴영적 입장이 형상적으로 나타나 있는 이 시는 이미 『양철북』의 오스카의 입장을 암시한다. 첫 번째 연에서 묘사된 출생 장면은 마치 "토하듯이 이 세상에 던져져" 모태로 회귀하고 싶어 하는 오스카의 상황을 예고한다. 그렇지만 그 소망은 이루어질 수 없는 것이다. 되돌아갈 수 없는 모태로부터 나온 아이가 느끼는 바로크적 허무함과 무상의 현실은 커피 속에 녹는 설탕 조각의 메타포로 설명되고 있다.

피카로 소설의 전통

아래로부터의 시각

패전의 순간을 소위 '0시간'으로 규정하고 과거의 기억과 부담으로부터 자유로운 면책적 지위의 공화국을 설립하려는 당시 서독의 시대정신에 따라 실향지로부터의 피난민들은 죄 없는 희생자들이며, 전쟁의 과오는 몇몇 나치의 소관이었고, 소시민들을 포함한 대부분 독일인의 책임을 부정하는 등의 복고적 사회 분위기가 바로 서독 공화국의 지배적 건국 신화였다.

당시의 사회 분위기를 표현하는 단어로 'muffig'라는 말이 있다. 환기가 되지 않는 방에서 곰팡내가 난다는 의미의 이 유행어는 지하실에는 시체 섞는 냄새가 진동하는데도 거실에는 온갖 장식의 가구와 다양한 무늬의 양탄자가 즐비한, 안락하게 꾸며놓은 비더마이어적 생활환경을 후각적으로 표현하고 있다. 그라스의 『양철북』은 이 같은 악취가 진동하는 서독 사회에 대한 도발로 의도되었다. '피카로 소설'의 전통에 따라 사건의 한가운데 위치하며 동시에 '아래로부터의 시각'을 가진 주인공을 등장시켜, 나치 시대로부터 전후 서독 사회에 이르는 시간을 비스툴라 강으로부터 라인 강에 이르는 긴 여정을 통해 나치 시대가 결코 예외적 상황이 아니라 오늘날에 이르는 연결선상에 놓여 있음을 보여주려는 것이 작가 그라스의 의도였다.

본디 스페인으로부터 유럽의 각 문화권으로 유입된 피카로 소설은 독일에서는 악동소설로 알려져 있다. 악동소설은 바로크 시대 그림멜스하우젠의 『짐플리치시무스』(1699)와 『단순아 투르츠』(1670)로부터 시작되었다. 모든 기존의 가치가 전도된 30년전쟁(1618~1648)의 혼돈과 파국을 무대로 한 도발적 미학의 이 작품들의 주인공은 오늘날까지도 독일 문화의 상상계 속에서 큰 비중을 차지하고 있다. 그라스는 30년전쟁을 무대로 한 산문 『텔크테에서의 만남』(1979)에 그림멜하우젠을 등장시킴으로써 자신의 문학적 스승에 대한 오마쥬를 표현한다.

'피카로'와 '악동'이라는 명칭에는 애초부터 경멸적인 의미가 내포되어 있다. 이는 애당초 도덕적 성격이라기보다 사회적 위치와 더 관련되어 있다. 거지, 창부, 소매치기, 하인, 급사, 주방 심부름꾼, 형리 보조 등과 같은 직업의 인물들에게는 도덕적 영락(零落)이 전제된다. Schelm이라는 독일어의 변천으로부터 우리는 '악동'이라는 단어에 도덕적 요인이 강화됨을 발견할 수 있다. 이 단어는 본래 죽은 동물의 시체(은유적으로는 전염병을 의미), 방종한 인간, 사기꾼, 건달, 방랑자의 의미로 변천되고, 17세기에 이르러서는 짓궂은 인간, 불량배, 무용지물의 인간을 의미하게 되었다.

소위 영웅소설이나 궁중소설이라는 '고급 문학'과 대조되는 '저급 문학'인 악동소설의 주인공은 덕목이나 용맹이 아니라 간계와 술수와 같은 사회적 소외 계층의 영민함을 통해 자신을 저버린 이 세상 속에서 사활을 걸고 버텨나가면서 자신의 눈에 비친 세상을 고발한다. 이러한 악동, 사기꾼, 광대의 원형은 『양철북』의 주인공 오스카에게서도 발견되는 특징들이다. 사회와 격리된 정신병원의 침대 위에서 북을 치는 오스카는 악동소설에서와 마찬가지로 지나간 자신의 인생을 회고한다. 1인칭으로 쓰인 자서전에서 오스카는 자기 의지와는 무관하게 이 세상에 던져진 자신의 이야기를 스스로 선택한 망명의 장소에서 서술하면서 허상으로서의 세상의 가면을 벗긴다. 하지만 악동소설의 주인공과는 달리 오스카에게는 현실의 혼동을 넘어 위안을 제공할 피안에 대한 희망이 존재하지 않는다. 오스카에게 현세의 구원은 전무하고, 역사는 모순과 우연의 혼합이며, 인생은 무의미한 공회전이다.

교양소설의 전통

18세기 발전 지향적인 독일 계몽주의의 영향으로 이전의 방랑하는 주인공의 특징은 보존되지만 피카로적인 순환적이며 반복적인 구조는 이제 지양된다. 괴테의 『빌헬름 마이스터』와 같은 소설을 우리는 교양소설(Bildungsroman)[20]이라고 부르는데, 이 소설의 주인공은 일직선적 발전의 경로를 따라 교육과 자신을 둘러싼 환경의 영향을 받으며 스스로의 인격을 형성해나간다.

괴테의 『빌헬름 마이스터』와 다찬가지로 『양철북』의 주인공 오스카도 인격 형성의 단계를 밟는다. 식품점 주인의 아들로 태어난 오스카는 아버지의 뜻과는 달리 북을 치며 유리를 깨는 목소리를 얻고 예술가의 길을 간다. 이는 괴테의 빌헬름 마이스터가 부르주와 상인의 아들로 태어나지만 연극배우가 되는 것과 흡사하다. 여행이 교양소설의 요체인 것처럼 오스카는 자신의 스승인 베브라를 따라 여행길에 오른다. 하지만 전쟁이 끝난 후 피난민 오스카가 결국 도착한 곳은 정신병원의 침대이다. 스스로 "받을 자격이 없음에도, 세상의 그 어떤 것과도 바꾸지 않을 행복을 얻었다."는 괴테의 마이스터와는 달리, 끊임없이 '검은 마녀'의 악몽에 시달리며 흰색 래커 칠을 한 요양원의 철제 침대를 마지막으로 도달한 목적지, 나의 위안, 나의 믿음이라고 오스카는 주장한다. 이처럼 두 주인공 사이에는 상당한 차이가 존재한다. 자발적 난쟁이인 오스카는 고전적 교양소설 주인공의 형성이라는 관점에서 볼 때 분명 도발적인 발상이 아닐 수 없다.

"있는 그대로의 나 자신을 육성하는 것이 어린 시절부터의 나의 희망"이라고 말하는 괴테의 마이스터는 사회 속에서 "행동하는, 공적인 인물"이 되는 것을 목표로 삼고 있는 데 반해, 오스카는 자신의 예술인 북 치는 일에만 열중한다. 오스카의 출생 순간 60와트 전구 위에서 소리를 내며 날갯짓하던 나방은 그에게 첫 스승이 된다. 3세 이후 성장을 거부하는 오스카는 외과의사로서 사회에 공헌하는 괴테의 마이스터와는 차이가 있다. 그는 성장의 거부와 함께 교양도 거부한 것이다.

「북 치는 빌헬름 마이스터」

그라스의 『양철북』은 출판 전부터 이미 세인의 집중적인 관심의 대상이 되었다. 1958년 '47그룹' 모임에서 그라스는 아직 탈고가 끝나지 않은 소설의 두 장(章)을 발표하고, 47그룹 상을 수상하는 행운을 차지했다. 1959년에 출판된 그의 첫 소설 『양철북』은 전후 독일 문학작품들 중 최다 판매를 기록함과 동시에 전후 독일 문학을 세계문학 수준으로 끌어올리는 데 이바지했다. 1979년 폴커 슐뢴도르프 감독에 의해 제작된 영화 「양철북」도 그 이듬해 오스카상 외국영화상을 거머쥐는 영광을 안았다. 그런가 하면 『양철북』에 뒤이어 발표한 『고양이와 쥐』는 스캔들과 저주의 대상이 됨은 물론, 민족 정서에 대한 도전, 독일 군대 비방 등을 이유로 법적 소송의 대상이 되기도 했다.

『양철북』 출간 당시에 시인 엔첸스베르거가 쓴 비평문 「북 치는 빌헬름 마이스터」는 이 책에 대한 깊은 통찰력으로 현재까지 시사하는 바가 크다.

> 독일에 진정한 비평가가 있다면 귄터 그라스의 첫 작품 『양철북』을 읽고 환희와 동시에 분노의 외침을 내뱉을 것이다. 이 소설로 그라스는 악마적 분노의 대상으로 비난을 받거나, 혹은 최고급 소설가로 칭송받을 권리를 취득했다. 그 가장자리에는 비더마이어적 아방가르드 장식들이 늘어서 있는 우리 문학계의 말쑥한 정원에 그는 뭔가를 보여주고 있다. 이 사람은 홍을 깨뜨리는 사람이며, 청어들이 노니는 웅덩이 속의 상어이며, 길들여진 우리 문학 속에 야생의 외톨이이다.[21]

오스카

병든 사회와 불구의 주인공

전후 서독의 유명한 문예비평가인 마르셀 라이히 라니츠키는 우리나라에도 그의 자서전이 번역되어 익히 알려진 인물이다. 폴란드 유대인 출신으로 베를린에서 인문계 고등학교를 다닌 바 있는 그는, 1958년 당시 『양철북』을 집필하기 위해 그다인스크 현장 답사를 목적으로 바르샤바로 여행 중이던 그라스를 처음 만나게 된다.

오후 3시 바르샤바 유일의 고급 호텔인 브리스톨, 서독 작가를 만나러 간 라니츠키는 그곳 풍경과는 전혀 어울리지 않는 협수룩한 옷차림으로 소파에서 졸고 있는 젊은 남자를 목격한다. 불현듯 잠에서 깨어난 그 남자가 라니츠키 쪽으로 걸어오는 것이 아닌가.

나는 소스라쳤다. 하지만 나에게 두려움을 안겨준 것은 그의 빳빳한 수염이 아니라 그의 눈초리, 멍한 시선, 경직되고 움직임이 없는 거의 야생적인 눈빛이었다. 그는 두 시간 전 보드카 한 병을 마셨다고 했다. 우리는 작업 중인 그의 소설로 대화를 옮겼다. 혹시 소설의 줄거리를 알려줄 수 있는지? 그렇다고 했다. 한 남자에 대해 쓰고 있으며 (1ᄀ)20년대에서부터 거의 지금에 이른다고 했다. 주인공은 도대체 어떤 사람? 난쟁이, 흠, 그리고 또? 나는 별 호기심 없이 물었다. 그가 설명하기를, 이 난쟁이는 등에 혹까지 있단다. 뭐라고? 난쟁이에다 곱사등이라니, 그건 너무 지나친 것이 아닐까? 계속되는 젊은이의 말에 의하면, 게다가 곱사등이 난쟁이는 정신병원 환자란다.[22]

북 치는 소년 오스카는 이미 독일 문학사는 물론이요 서구 문학사에서도 어둡고 잔혹한 범죄의 시대 속에서 성장을 거부하는 국외자 예술가의 이미지로서 우리의 뇌리에 깊이 각인되어 있다. 하룻밤 사이에 벌레로 변해버린 자신을 발견하는 「변신」의 주인공 그레고르 잠자를 능가하여, 이제는 서구 문학이 배출한 이단자적 인물로 자리매김한 이 허구적 인물은 태생적으로 모든 지적 능력을 겸비하고, 세 살 되던 해부터는 양철북을 두드리며, 그리고 계단 아래로 굴러 떨어져 94센티미터 키에서 신체적 성장이 멈추게 되자, 어른의 세계에 들어가지 않을 것을 결심한다. 어린이의 신체 속에 자신을 숨긴 채 오스카는 '아래로부터의 시선'을 견지하며 위선과 거짓에 가득 찬 소시민 계급의 일상을 혹독한 비판적 시야로 관찰한다. 제2차 대전의 패배와 때를 같이하여 오스카는 이제 조금이나마 성장하려고 마음을 먹지만 그 대신 등에 혹이 생긴다. 전쟁 후 서독으로 피난하여 정착한 오스카는 이제 서른 번째 생일을 앞둔 어느 날 살인 혐의로 체포되어 현재는 치료 요양원에 구금되어 있는 신세이다. 하지만 오스카는 북을 치는 예술가인 까닭에 자신의 일생을 북으로 표현하고 또 글로 남긴다. 그 집필의 결과가 『양철북』이다. 『양철북』은 혹독한 자아비판과 불구자의 몸으로 상징된 병든 독일 사회의 내적 성찰이다.

북 치는 예술가

그라스의 첫 번째 소설 제목은 '오스카'나 '북 치는 남자'처럼 사람이 아닌 『양철북』이라는 사물의 이름이다. 『양철북』은 문명 파괴로서의 아우슈비츠에 대한 예술가 그라스의 회심의 첫 번째 대답이다. 그라스는 자신의 첫 번째 소설에 북을 치고 유리를 깨는 예술가를 주인공으로 등장시킨다. 주인공 오스카는 복합적 성격의 인물로서 그는 모든 가치를 의문시하고 스스로 도덕적 가치를 내세우는 한편으로 부도덕적 행위도 서슴지 않는다. 그는 타인의 죄를 비난하면서 동시에 스스로 죄를 짓는다. 그의 일대기는 형성의 의미의 '교양' 소설인 동시에 '기형' 소설이기도 하다. 오스카는 "어제만 해도 생생한 행위와 범죄가 (이제는) 우리 손을 떠나가" 버린 양 모든 것이 오늘날 역사로 치부되는 것을 막기 위해 자신의 예술을 동원한다. 오스카가 치료 요양원에 격리된 채 인생의 목표이자 위안의 원천인 병원의 격자 침대의 보호를 받으며 한장 두 장 '죄 없는' 종이를 메우는 동시에 그는 북을 치며 과거를 회상한다.

비누로 닦아낸 치료 요양원의 철재 침대에 누워 유리가 달린, 브루노의 눈이 그 사이로 쳐다보고 있는 감시 구멍을 눈앞에 두고 카슈브 지역의 감자불과 10월의 빗줄기를 묘사한다는 것은 결코 쉬운 일이 아니다. 나의 북이 능숙하게 그리고 끈기를 가지고 연주하게 되면 부차적으로 필요한 것은 모두 떠오르기 마련이다.

1인칭 화자 오스카

1인칭 화자이자 주인공인 오스카 마체라트는 지난 2년간

치료 요양원에 입원하고 있으며 이제 곧 퇴원을 앞두고 있다. 자신의 이 은신처에서 오스카는 양철북의 불협화음을 매개체로 시대를 거슬러 올라가 단치히 시절부터 전후 재건 중에 있는 뒤셀도르프에 이르는 자신의 과거를 회상하며 글을 쓴다. 이 소설이 글을 쓰는 시점인 현재와 주인공의 과거 사이를 오가는 복합적인 구조를 보여주고 있다면, 전반적인 이야기의 흐름은 1899년에서 시작하여 1954년 현재까지의 연대기 순을 따르고 있다. 『양철북』은 악동소설 특유의 그 자체적으로 완결된 에피소드로 연결되어 있다.

소설의 마지막에 이르러 1954년 현재 곧 서른 살이 되는 오스카는 말하고 있다.

"이제 나는 더 이상 할 말이 없다. 그렇지만 나는 치료 요양병원으로부터 어쩔 수 없이 퇴원한 후에는 무엇을 해야 할지 생각해보아야 한다."

1인칭 화자가 소설의 주인공으로 등장하는 경우 우리는 현재 책상에 앉아 자신의 지나간 인생을 서술하는 '나'와, 그 서술의 대상이 되는 과거 시점에서 체험하는 '나'를 구분할 수 있다. 이때 발생하는 전형적 갈등이란 나이가 들어 세상을 관조할 수 있는 '나'와, 그 서술의 대상이 되는 나이 어리고 미숙한, 이제는 극복과 추억의 대상이 된 '나' 사이의 간극이다. 하지만 이 소설에서는 상황이 약간 달라진다. '나'의 정체는 소설 시작 단계에서부터 극히 의문시될 만하다.

"그렇다고 치자. 나는 치료 요양원 환자다."

여기서 치료 요양원이란 통칭 정신병원으로서 독자에게는 다음과 같은 경고나 다름없다. 즉, 이 서술자가 진정 비정상적 상태의 정신병원 환자라면 우리가 읽는 소설도 그 허구적 본질에도 불구하고 사실과 거짓 사이의 경계의 의미가 모호한 유희적 시도일 수밖에 없다. 아무튼 독자의 입장에서 볼 때 오스카 마체라트는 이야기의 서술자로서는 신뢰하기 힘든 인물이다. 게다가 오스카는 내적으로 분열된 인물이다. 그는 자신을 때로는 예수, 때로는 악마라고 부른다. 그는 또한 두 명의 아버지를 가지고 있고, 정신적 아버지로서 괴테와 라스푸틴을 동시에 거명한다. 결국 그라스는 오스카라는 극히 인공적인 인물에게 상호 모순적인 성격을 부여한 것이다. 오스카는 한편으로는 작은 키와 높은 지능으로 자유자재로 이동하면서 주변 상황에 관여함이 없는 국외자이자 피카로적 관찰자이지만, 다른 한편으로는 이 모든 상황의 희생자로서 고통 받는 인물이기도 하다.

오스카의 곤경에 처한 상황을 확인하기 위해 우리는 소설의 첫 페이지와 마지막 페이지를 비교해보도록 하자. 혼돈의 현실로부터 자신의 은둔처인 정신병원 침대 속 피난처에서 보여준 첫 페이지의 허세와 자신감은 마지막 페이지에 가서는 모두 사라지고 만다. 이제 '검은 마녀'에게 쫓기는 오스카의 입장은 전과는 전혀 다르다. 오랫동안 오스카에게 실존적 두려움의 상징이었던 검은 마녀가 이제 오스카 앞에 나타난 것이다. 이와 같은 실존적 두려움은 단치히를 떠나 서독에 정착한 오스카에게 점점 그 강도가 심해진다. 전쟁의 먹구름과 나치 독일의 전횡이 '수정의 밤'을 계기로 단치히 소시민들에게 찾아오지만, 단치히 시절은 오스카에게 아직도 안락함과 따뜻함이 남아 있는 장소이다. 반면에 피난 와서 정착한 서부 독일 라인 강 가의 뒤셀도르프는 오스카가 끝내 정을 붙일 수 없는 타향으로 남는다. 『양철북』은 북소리 속에서 잃어버린 고향을 다시 찾으려는 망향가(望鄕歌)인 것이다.

오스카와 북

북의 기능

오늘에 와서 나는 단호히 이야기한다. 나방이 북을 쳤다고. 나는 토끼, 여우, 산쥐가 북 치는 소리를 들었다. 개구리들은 폭풍우를 예고하며 북을 칠 수 있다. 딱따구리들은 북을 쳐서 벌레들을 집 밖으로 몰아낸다고 한다. 마지막으로 사람들은 팀파니, 심벌즈, 솥, 그리고 북을 때린다. 우리는 북처럼 쏟아지는 총알, 북이 들어간 회전탄창식 권총을 이야기하고, 북을 쳐서 남에게 도전하고, 북을 쳐서 누구를 소집하고, 북을 쳐서 땅에 묻는다. 그것은 북 치는 소년과 아이들이 하는 일이다. 현악기와 타악기를 위한 협주곡을 쓰는 작곡가도 있다. 나는 크고 작은 소등 신호와 오스카의 이제까지의 시도들을 지적할 수 있다. 그러나 이 모든 것도 나의 탄생을 계기로 두 개의 평범한 60와트 전구 위에서 벌이는 광란의 북 파티에 비하면 아무것도 아니다. 아마도 칠흑의 아프리카와 아프리카를 잊지 못하는 미국의 깜둥이들이 있을 것이며, 똑같이 혹은 유사하게 나의 나방 혹은 동유럽의 나방들보다 주지하는 바와 같이 더 크고 화려한 아프리카의 나방을 모방하여 절도 있게 동시에 분방하게 북을 치는 리듬에 익숙한 사람들이 있을 것이다. 나로서는 동유럽의 기준에 맞추어, 저 중간 크기에 갈색 가루로 뒤덮인, 나의 출생 당시에 북을 치던 나방을 모범 삼아 그것을 오스카의 스승이라고 부른다.

이런 언어를 구사할 수 있는 사람은 범상한 자서전 작가가 아니다. 오스카는 무엇보다 언어예술가이다. 출생과 동시에 전구 위에서 춤추는 나방의 '잡담 시간'으로부터 자신의 인생이 나아갈 길을 예언 받은 이 예술가는, 부모와 자신의 성장 환경이 자신이 지향하는 예술가의 길과는 상치함에도 불구하고 예술가가 되기를 결심한다.

북은 어린 오스카에게 그 무엇과도 바꿀 수 없는 몸의 일부가 되어버린다. 요양원에까지 평생에 걸쳐 오스카를 따라다니는 북은 과거를 불러내는 중요한 기능을 가지고 있다. 자서전을 쓰고 있는 오스카에게 북은 '가족 앨범'과 함께 기억을 되살리게 하는 중심적 매체이다. 정신병원 환자인 오스카는 자신의 양철북을 매체로 과거를 회상하는 것이다.

그런데 사진첩과는 달리 북은 오스카로 하여금 사실주의적 범주에서는 알 수 없는 내용을 글로 표현할 수 있도록 전지자적 시점을 가능하게 한다. 북이 아니었다면 오스카가 무슨 수로 조상의 일거수일투족을 묘사할 수 있었겠는가? 또한 북은 오스카의 거침없는 서술의 모순이나 부족함에 대해 책임을 떠밀 수 있는 핑계거리로도 기능한다. 무엇보다 북은 오스카의 대변인 역할은 물론이고 어른들의 세계로부터 그를 보호하는 역할도 한다. 북은 겉모습이 세 살 어린이에 머물고 있는 오스카를 외부의 가입과 간섭으로부터 보호하는 기능을 가지고 있다. "나는 북 없이는 외부에 그대로 노출되고 무방비 상태가 된다."라고 오스카는 말한다.

『양철북』 1, 2, 3권의 모든 장(章)의 이름들은, 오스카가 북을 연주함으로써 가능하게 된 음향적 회상의 결과이다. 오스카의 북은 전후 서독에서 과거를 회상시키고 그것을 상품화하여 돈을 버는 역할도 한다. 따라서 『양철북』에서 북은 단순히 상징으로 치부될 수 없는 구체적인 대상물인 동시에 소설을 진행시키는 요인으로 기능한다. 또한 북은 서술의 끈들을 묶어주고 사건을 요약해주는 기능도 갖고 있다. 북은 오스카가 세상을 보는 지표이기도 하다.

예를 들어 오스카의 북 치는 행위는 자신을 둘러싼 소위 거대 역사와 대비되어 묘사된다. 전쟁이 시작되자 "다른 사람들이 값비싼 쇳덩이를 마구 허비할 때, 나의 양철북은 또다시 못쓰게 되었다." 폴란드 우체국에서의 전투는 오스카가 새로 양철북을 얻는 것으로 그 의미가 부여된다. 오스카의 경험과 그에 대한 성찰은 북이라는 매체를 통해 이루어진다. "북은 저항을 하고 나에게 대답을 하며 내가 북을 때리면 되받아 고발하듯 소리를 낸다." 그리하여 오스카는 아버지 마체라트의 죽음과 함께 북을 무덤 속에 던진다.

오스카가 북을 치는 또 다른 의도 가운데 하나는 자신의 과거 중에서 시간적으로 제한적인 특정한 한 부분을 제거해 버리려는 데 있다. 이는 다름 아닌 오스카의 죄의식이다. 북은 치면 칠수록 북의 물리적 피폐화와 더불어 그 북소리 중에서 비난의 소리는 사라진다. 북은 어린아이의 순진무구의 표현일 뿐만 아니라 죄의식의 말없는 표현인 것이다.

국외자적 예술가

흔히 북을 치는 행위는 사회의 부조리를 고발한다거나, 메시아적 공표의 수단으로 사용될 수 있다. 세 살 되던 해 오스카는 출생 당시에 어머니에게서 약속받은 북을 선물 받고서 북과 오스카 사이에 물리적으로나 정신적으로나 떼려야 뗄 수 없는 관계가 설정된다. 푸른 눈의 오스카가 "추종자 없는 권력에의 의지"라고 스스로 칭한 자신의 북 치는 행위는 결코 정치나 소시민들이 상정하는 권력에의 의지는 아니다.

"그때 나는 결심하고 결정하고 말하기를, 결코 정치가 더군다나 식료품상은 되지 않겠노라고. 오히려 한 점을 만들고 그렇게 남아 있기로. 그리하여 나는 그렇게 남아, 이 크기로, 이 장신구를 가지고 여러 해 동안 유지해온 것이다."

따라서 오스카의 북 치는 행위는 어른들의 세계에 영합하고 영입되기를 거부하는 예술가의 입장이다. 성장을 거부하는 행위야말로 내면적 거리는 물론 외면적으로도 기성세대와 사회계급에 연관되기를 거부하는 아웃사이더의 극단적 조치이다. 3세 생일을 계기로 멈춰진 성장에 대해 객관적이며 그럴듯한 이유를 제공함으로써 자신의 내면세계를 노출시키지 않으려는 의도에서, 오스카는 열려 있던 벼락닫이 문 아래 지하실에 이르는 계단 아래로 떨어지는 사고를 마련한다. 오스카의 추락과 그 결과로 위장된 멈춰진 성장은 동시에 아버지 알프레드 마체라트에게 죄의식을 심어주는 계기가 된다. 오이디푸스 콤플렉스에서 유발된 오스카의 이 같은 행위는, 보다 넓게는 라인란트 지방 출신의 알프레드로 대표되는 독일인에 의한 역사적 과오에 대한 죄의식이 다민족 인종으로 구성된 오스카 가족 내의 소우주 속에서 벌어지는 과오

와 그 처벌 행위일 수도 있다. 하지만 과오와 죄의식이 일대
일 관계의 정치적 알레고리로 단순화되는 것을 소설은 거부
한다.

> 엄마가 마체라트를 비난하는 내용은 모두 맞는 말인 동시에 우
> 리 모두가 알다시피 틀린 말이다. 그러나 죄를 걸머지게 된 마
> 체라트는 심성이 유약한 탓에 자주 울기까지 했다. 그러면 엄마
> 와 얀 브론스키가 위로해줘야 했다. 그들은 나 오스카를 짊어져
> 야 할 십자가라고 불렀다. 분명 바꿀 수 없는 운명이고, 왜 이런
> 것을 얻게 되었는지조차 알 수 없는 시험이라고 했다.

이제 오스카는 북을 치는 예술가의 행로에 추락으로 인한
성장의 단절로서 (스스로 언급하듯이) "세상에 자리매김을
한" 것이다. 북 치는 오스카의 예술가로서의 일생이 본격적
으로 시작된 것이다. 우선 단치히 교외의 랑푸어 철도역 근방
에 위치한 라베스벡에 있는 오스카의 식품점 주변의 소시민
적 주거 환경은 북 치는 소년 오스카의 무대가 된다.

"그리고 나는 북을 치기 시작했다. 우리 임대주택은 4층
짜리였다. 1층에서 지붕 아래까지 나는 그렇게 오르락내리
락했다."

세 번째 생일날 발생한 추락과 함께 오스카는 유리를 깨뜨

릴 수 있는 힘을 가진 목소리를 얻게 된다. 꽃병, 창유리, 쇼 윈도, 술병 등을 깨는 힘을 얻게 된 오스카는 어느새 동네 어린이들이 의미 없는 '유리 노래'를 부르며 그 뒤를 따르는 북 치는 소년으로 발전한다.

유리, 유리, 유리
맥주 없는 설탕
홀레 부인은 창문을 열고
피아노를 치고 있다.

애당초 자기 방어를 목적으로 얻게 된 오스카의 유리 깨뜨리는 목소리는 예술가의 행위로 발전한다. 북 치는 행위와 마찬가지로 오스카의 예술은 처음에는 개인의 의도를 충족시키기 위한 수단이었다가 점차 예술 자체를 위한 예술의 방식으로 발전해나간다. 이에 따라 오스카는 자신의 유리 깨는 목소리의 발전 과정을 '초기'에서 '융성기' 그리고 '쇠퇴기'로 구분하면서, 초기의 자기 방어적인 파괴적 목소리가 나중에는 "외적 강요를 감지함이 없이 단순한 유희 충동으로부터, 후기 매너리즘에 심취하, 예술을 위한 예술에 빠지게 되어 오스카는 자기 발현을 위해 유리를 향해 노래 부르고 그러면서 나이를 먹어갔다." 여기서 예술을 위한 예술이란 예술이 도

덕적, 사회적, 정치적, 혹은 그 이외 어떤 기능의 필요성도 거
부한 채 그 자체로서 존재 이유를 충족시키는 예술관을 지칭
한다.

오스카 가족과 소시민 사회

할머니의 폭넓은 치마

   오스카 가족의 역사는 제1권 1장의 제목이기도 한, 카슈브인 외할머니의 「폭넓은 치마」에서 시작된다. 이 넓은 치마 속이야말로 오스카의 탄생을 유래한 가족의 원천이다. 오스카는 자신이 태어난 1924년보다 훨씬 이전인 '99년' 그러니까 1899년부터의 가족사를 서슬하고 있다. 오스카의 어머니 아그네스를 그 속에 잉태했던 할머니의

1958년 3월 그라스의 집필 당시 제1장 「폭넓은 치마」 원고.

치마는 전쟁의 혼돈과 마비 속에서도 그 본연의 모습을 잃지 않는다. 급격한 군사·정치·세계사적 사건 속에서도 감자빛을 잃지 않는 할머니의 네 벌의 치마는 오스카에게 영원한 휴식과 위안을 주는 장소의 상징이다.

내가 방금 할머니의 치마를 강조해서 언급한 것은, 또 분명히 말하려는 희망에서 이 장의 제목을 「폭넓은 치마」로 정하면서 그녀가 치마를 입었다고 한 것은, 희망컨대 분명히 말한 것은 내가 이 의복 덕택에 진 빚이 많기 때문이다. 할머니는 한 벌이 아니라 네 벌의 치마를 겹겹이 입고 다녔다. 그것도 겉치마 한 벌과 속치마 세 벌을 입고 다니는 것이 아니라, 겉치마만 네 벌을 겹겹이 입고 다녔다. 할머니는 치마의 순서를 날마다 달리하는 체계에 따라 그 네 벌을 모두 입고 다녔다. 어제 맨 위에 입었던 치마는 오늘은 그 아래에 위치한다. 지금 두 번째 입고 있는 치마는 어제는 세 번째 치마였다. 어제 가장 속에 입었던 치마는 오늘은 맨 바깥쪽에 그 민무늬의 모습을 보여주고 있다. 나의 할머니 안나 브론스키의 치마들은 모두 똑같이 갈색을 선호한다. 그 색깔이 그녀에게 어울렸나 보다.

마치 그리스의 대지와 풍요의 여신 데메테르와 같이 브론스키 할머니는 자연의 모성적·여성적 원칙의 화신이다. 감자 밭에서 쫓기고 있는 요셉 콜야이첵에게 피난처를 제공함으로써 한 가족을 이루게 된 고귀한 섹슈얼리티의 원천이자 오스카에게는 귀소 본능의 원천인 할머니의 네 벌의 치마는 오스카가 삶의 회의와 공포를 느낄 때마다 돌아갈 곳을 제공해주는 피난처인 동시에 정신적 지주이다.

오스카는 어머니 아그네스의 장례식 날 할머니 안나 브론스키 속으로 들어간다.

"나는 네 벌의 치마 속에서 잠들었다. 나의 불쌍한 엄마가 태어난 곳에 아주 가까이 다가갔다. 그곳은 다리 아래쪽으로 갈수록 좁아지는 관 속에서와 같이 매우 조용했지만, 그러나 숨 막히지는 않았다."

오스카의 두 아버지

오스카는 스스로 아버지가 두 명이라고 한다. 어머니 아그네스의 남편 마체라트와 얀 아저씨가 그들이다. 물론 아버지가 얀이라고 오스카 스스로 인정하지는 않는다. 얀과 오스카 사이의 수많은 유사성에도 불구하고 오스카는 "얀이 나의 아버지, 정확히 말해서 나의 생부라는 것을 의미하지는 않는다."고 이야기한다. 오스카는 마체라트와 자신과의 친화력에 대해서도 극구 부인한다.

"하지만 나에게서 라인라트 지방에서 온 마체라트식 특징을 찾아보기란 매우 힘들었다."

"세련된 브론스키, 그는 항상 병약하고 직업 생활에서는
굴종적이며 사랑에서는 야망에 차 있지만 마찬가지로 어리
석은 탐미주의자인 얀 브론스키, 그는 나의 엄마의 육체를 먹
고 살았고 오늘날까지 내가 그렇게 믿으면서도 의심하는 바,
마체라트의 이름으로 나를 잉태시켰다."

오스카의 가족은 아버지 마체라트를 제외하고는 모두 카
슈브인이다. 어머니 아그네스와 삼촌 얀 브론스키 두 사람이
대화할 때 사용하는 카슈브 방언은 남편 마체라트에게는 일
종의 치외법권인 셈이다. 아그네스가 마체라트의 뱀장어 요
리를 보고 히스테리컬하게 반응할 때도 아그네스는 카슈브
방언으로 외친다.

"그 방언을 마체라트는 이해할 수도 참을 수도 없었지만
듣고 있어야만 했고, 아마도 아그네스가 하고자 하는 말을 알
아들은 것이 분명해 보였다."

카슈브인들은 결국 독일인과 폴란드인 사이에서 소수 민
족으로서 역사의 패배자 역을 벗어나기는 어려웠다. 독일의
패전으로 소련군에 의해 파괴되고 점령당한 단치히와 그 근
교의 카슈브인들의 상황을 할머니는 이렇게 묘사하고 있다.

"오스카야, 카슈브인들은 늘 그렇게 당해왔단다. 항상 당
하고 사는 쪽은 우리 쪽이지. 카슈브인들에게 이주란 없어.

항상 고향에 머물러 있으면서 다른 자들에게 두들겨 맞도록 머리를 내밀어야 하지. 우리는 온전히 폴란드 사람도 아니고 진짜 독일 사람도 아니야. 카슈브 사람이란 독일인도 폴란드인도 아닌 거야. 사람들은 양단간에 정확한 걸 원하니까.”

어머니 아그네스의 간통은 무엇보다 카슈브인으로 대표되는 폴란드의 얀과 라인란트 출신의 독일인 마체라트와의 결합의 결과로 도출된 오스카 등 4명의 인물 구도가 지칭하는 20세기 근대사가 내포한 모순의 표현으로 볼 수 있다. 아그네스는 부부 침대 머리에 있는 “금빛 테두리를 한 속죄하는 총천연색 막달레나’와의 직접적인 연관 속에서 속죄하는 탕녀의 모티브를 부여받는다.「성 금요일의 식사」장(章)에서 얀과의 애무 장면은 침대에 누워 있는 속죄하는 막달레나로서의 아그네스를 부각시키고 있다.

얀이 침실로 들어오자 아그네스의 울음소리는 삭아들었다. 제3막. 얀은 침대 앞에 서서 엄마와 속죄하는 막달레나를 번갈아 바라보고는 침대 모퉁이에 앉아 배를 대고 누워 있는 엄마의 등과 둔부를 쓰다듬으며 위로하듯이 카슈브 방언으로 말을 건넸다. 말이 더 이상 소용없게 되자 얀은 손을 치마 밑으로 집어넣고 그래서 엄마의 울음소리는 그치고 그래서 얀도 여러 손가락을 내보이는 막달레나로부터의 응시를 피할 수 있었다.

오스카가 성장한 소시민적 세계는 그 어떤 여타 사회 계층이나 마찬가지로 위선과 오만이 공존하며 정치적 격동기에 우유부단하고 원칙 없는 계층으로 묘사된다. 할머니 안나 브론스키가 운영하던 바익셀 강 상류의 트로일에 위치했던 지하 구멍가게가 "핀으로부터 시작하여 양배추 머리"에 이르기까지 온갖 잡동사니를 갖추고 있었다면, 단치히 교외 랑푸어로 이사를 와 라베스벡에 자리 잡은 '식민지 야채 상점'은 그 규모나 위치의 상승에도 불구하고 상점에 딸려 있는 주거지는 소시민적 굴레를 벗어나지 못한 무특성을 보여준다.

거실에는 괘종시계, 임대 피아노, 과일 장식이 있는 크리스털, 로터리에서 받은 우승컵을 비롯하여, 반대쪽에서 서로 마주 보고 있는 베토벤과 히틀러의 초상화 등이 자리를 차지하고, 그리고 부부 침대 머리에는 '살색'의 회개하는 마리아 막달레나가 있다. 막달레나가 암시하는 의식적으로 배제된 죄의식은 간통을 저지르는 아그네스의 입장을 예견해주고, 베토벤으로 대표되는 인문주의의 전통은 히틀러의 야만과 함께 소시민 계급의 이데올로기적 유동성을 보여준다.

알프레드 마체라트

1934년 오스카의 아버지 알프레드 마체라트는 비교적 일찍 힘의 질서를 간파하고 나치당에 가입했으나 조직 최하부에서 두 번째 조직책의 지위에서 머물고 만다. 알프레드 마체라트의 이 같은 '정치 행보'는 폴란드 우체국 공무원인 얀 브론스키와의 개인적 관계에는 큰 변화를 야기하지 않는다. 나치의 부상은 마체라트 거실의 장식용 초상화에도 변화를 가져온다.

"피아노 위로 그렙이 선사한 음울한 표정의 베토벤이 못에서 뽑혀지고 마찬가지로 음울한 표정의 히틀러가 같은 못에 등장했다."

베토벤의 초상화를 퇴장시키자는 알프레드와 베토벤의 소나타를 즐기는 아그네스 사이의 타협안으로 베토벤의 초상화는 히틀러 맞은편 소파 위로 자리를 옮긴다.

"그리하여 모든 대결 중에서 가장 음울한 대결이 벌어지게 되었다. 히틀러와 천재 음악가는 서로 마주보고 벽에 걸려 서로를 응시하고 서로를 꿰뚫어보고 서로 즐거워할 수 없게 되었다."

나치의 유혹을 좇던 당시 독일의 평균적 보통 사람의 행동양식이 알프레드 마체라트의 나치당 의복 구입의 과정을 통해 시각적으로 독자에게 전해지고 있다.

하나씩 하나씩 마체라트는 유니폼을 사 모았다. 내 기억으로는 그는 당원 모자에서 시작했다. 그는 당원 모자를 해가 나는 날에도 턱살이 쓸리도록 턱끈을 내리고 다녔다. 한동안 그는 이 모자에다 흰색 상의에 검은색 넥타이를 받쳐 입거나 완장이 달린 바람막이 점퍼를 입었다. 그는 최초로 갈색 셔츠를 구입하고, 그 일주일 후에는 황갈색의 승마 바지와 부츠를 구입했다. 엄마는 이를 반대했지만 또다시 몇 주가 지나자 마체라트는 결국 모든 제복을 완전히 구비하게 되었다.

우리는 마체라트라는 인물을 통해 한 소시민이 어떠한 과정을 거쳐 단순 가담자에서 하수인, 그리고 공범의 수준에 이르는가를 관찰할 수 있다. '남을 즐겨 도와주는' 마체라트가 3월의 발트해의 브뢰젠 해안가에서 뱀장어를 낚는 어부에게 도움을 주고 뱀장어를 헐값에 구입하고는 어부와 함께 노이파바서로 입항하는 기선을 바라본다. 어부와 함께 이 핀란드 상선을 향해 인사하는 마체라트에 대한 오스카의 묘사는 매우 비판적이다.

어째서 마체라트가 이 배를 향해 손짓을 하며 "어이 그쪽 배!" 하고 부르짖었는가는 아직도 나에게는 의문으로 남아 있다. 왜냐하면 마체라트는 라인란트 출신으로 배에 대해서는 무지한 데다 핀란드인이라고는 아는 이가 없었기 때문이다. 하지만 다른 사람들이 손짓을 하면 항상 손짓을 하고, 다른 사람들이 고함을 지르고 웃고 박수를 치면, 항상 고함을 치고 웃고 박수를 치는 것이 그의 습관이 되어버렸다. 그리하여 아직 전혀 필요하지도 않고 일요일 오전 시간만 허비하고 아무것도 얻는 것이라고는 없었을 그 당시에 그는 비교적 빨리 당에 입당하게 되었다.

아버지 마체라트에 대한 오스카의 평가는 상당히 부정적이다. 스스로는 물론 남에게도 권위주의적인 마체라트의 성품은 부인 아그네스가 죽은 후 집안 살림과 상점 일을 돕기 위해 온 마리아로부터 비굴에 가까운 존경을 누린다. 이를 빈정거리는 이웃들에게 마체라트는 여자아이를 데려와 교육시킨 사람은 바로 자신이었다고 응답한다.

"이 남자의 사고방식은 그토록 단순했다. 그는 오로지 자신이 좋아하는 작업에서만 민감하고 예민하며, 따라서 한마디로 관심을 끌 만한 성격이었다."

또한 오스카의 아버지 마체라트는 1938년 11월 '수정의 밤'에 유대인 교회당에서 탈취해온 책과 도구들을 태워서 만든 "공공용 모닥불 위에 자신의 손과 감정을 데우면서" 종국에는 최후의 해결책에 이르는 유대인 박해에 대해 자신의 동의를 거리낌 없이 표명한다. 하지만 마체라트는 다른 면에서 보면 무척 건실한 사람이다. 아버지로서도 책임감이 있고 남편으로서도 나무랄 데가 없다. 아내의 불륜을 용서하는가 하면 아내가 죽은 뒤에는 얀과 함께 슬픔을 나눈다. 신교도인 이 사나이는 라인란트 출신의 쾌활함을 지니고 있지만 폴란 드 연적이 가진 낭만적 기교를 갖추지는 못한다. 또한 전쟁이 끝날 무렵 불구의 오스카를 수용소에 보내려는 당국의 처사에 대해 마체라트는 죽은 아내와의 약속을 이유로 고뇌하고 이를 지연시킨다. 물론 이것만이 그의 긍정적인 일면은 아니다. 그는 단순하지만 마음이 따뜻한 사람이다. 그럼에도 불구하고 마체라트는 당시의 많은 독일인과 마찬가지로 대세를 좇아 비판적 의식 없이, 혹은 의도적 망각 속에서 주변의 사회적 약자에 대한 무차별적 공격에 앞장섰던 극히 보통의 독일인이다.

이웃 소시민 사회

"인생이 이런저런 두 사람의 조합을 이루며 그들을 유혹할 때 66놀이나 풍차놀이를 하고 있는 자신들을 발견하게 되는 그들의 피난처, 그들의 안식처는 다름 아닌 카드놀이였다."

오스카를 둘러싼 어른들의 소일거리는 카드놀이다. 카드놀이는 어머니가 죽은 후에도 계속되지만 여기에도 변화가 일어난다. 아그네스의 육체를 중심으로 모였던 두 남자의 친분은 정치적 상황의 급진전과 더불어 와해된다. 폴란드 우체국 서기로 승진한 얀과 나치 지구당 조직책으로 활동하는 마체라트는 피차 불편한 사이로 발전한다. 그럼에도 두 사람의 카드놀이는 계속된다. 보이스카우트 대장 노릇을 그만둔 과일가게 주인 그렙 대신에 빵가게 주인 쉐플러와 삼인조를 이루어 자정이 지나 새벽 3시가 되어 알렉산더 쉐플러가 아침 빵을 굽기 위해 그만둘 때까지 카드놀이는 계속된다. 이 세 명의 독일인과 폴란드인의 "정치적 이유에서 금지되어야 했던" 카드놀이의 승패는 정치적 메타포를 띠기 시작한다.

"이기거나 진 게임들은 악의에 차 있거나 승리감에 도취된 감상을 자아내는 법이다. 폴란드가 그랜드 핸드를 이겼다거나, 단치히가 대독일제국을 위해 다이아몬드 싱글을 일방적으로 획득했다."

오스카 자신이 속한 소시민 계층의 위선과 기만에 대한 가장 혹독한 비판은 성모럴에서 잘 드러난다. 세밀한 금기 침해적 묘사는 다음 광경에서 두드러진다. 네 번째 생일을 맞은 오스카는 부서진 양철북 대신 새 양철북을 받지 못한 항의의 제스처로 백열전등을 특유의 목소리로 부수어버린다. 곧이어 촛불에 비친 방 안 풍경은 다음과 같다.

몹시 취한 나머지 생일날 모인 손님들은 기묘한 짝을 이루고 있었다. 예상한 대로 엄마는 블라우스가 헝클어진 채로 얀 브론스키의 무릎 위에 쪼그리고 앉아 있었다. 짧은 다리의 빵가게 주인 알렉산더 쉐플러가 그렙 부인의 치마 속으로 거의 사라져 버린 광경은 역겨웠다. 마체라트는 그레첸 쉐플러의 말 이빨 같은 금니를 핥고 있었다.

이 같은 성모럴의 그로테스크하고 가차 없는 묘사는 작품 전체를 두고 볼 때 변혁과 혼돈의 시대를 살아가는 소시민들의 유동적 이데올로기의 또 다른 측면으로 이해될 수 있다. 하지만 문제는 이 소설의 1인칭 화자가 취하고 있는 자기 변호적이며 독자의 불신과 신뢰를 마치 마술사처럼 끌고 잡아당기는 겉 다르고 속 다른 서술 입장이다. 이때 도덕적 의도가 없는 감정적 표현으로서 그로테스크는 적절한 수사법일 수 있다. 동시에 우리는 여기서 풍자적 요소도 간과할 수 없다. 독자가 신뢰할 수 없는 화자의 이야기는 그만큼 신뢰성을 잃기 마련이다. 하지만 오스카의 경우 그의 자서전은 서른 살 먹은 서술 화자가 수십 년 전 과거의 사실을 시간적·경험적 거리를 두고 풍자와 조롱의 의도를 가지고 묘사한 이상, 이는 결국 자신이 속한 소시민 계급의 전반적인 비판의 일환으로 이해되어야 할 것이다.

오스카의 이웃

오스카 교육의 장(場), 그 이웃들

"젊은이가 그 얼마나 제한적인 세계에서 성장해야만 했던가?"
라고 여러분은 말할 것이다. 식료품 가게, 빵집, 그리고 채소 가
게를 오가며 그는 훗날 남자로서의 인생에 필요한 도구를 긁어
모아야 했다.

초등학교 입학에 대한 오스카의 입장은 매우 부정적이다.
오스카가 여섯 살이 되던 부활절 즈음의 초등학교 입학식 날,
오스카는 학교에 코인 어머니들을 이렇게 묘사하고 있다.

"마치 그들은 첫째 또는 둘째 아이를 싼값에 팔아넘기기

위해 장터로 순례를 나가는 듯 보였다."

　　오스카가 기존의 학교 교육에 적응할 수 없게 됨에 따라 오스카의 교육은 자신이 살고 있던 임대주택 임차인들을 포함한 주변의 소시민의 환경으로부터 도움을 받는다.

　　우선 같은 임대주택 다락방에 네 마리 수고양이와 살고 있는 트렘펫을 연주하는 음악가 마인, 그는 술병과 음악, 수면, 이 세 가지 사이를 왕래하며 사는 사람이다. 음악가로서 오스카와의 친화력에도 불구하고 마인은 오스카의 스승 될 자격은 없다. 식품점 주인 그렙은 오스카의 건너편 아파트 지하실에 가게를 두고 방 두 개짜리 집에 살고 있는데, 많은 책을 소장하고 있지만 그 역시 오스카의 스승이 되지 못한다. 어린 사내아이들에 대한 남다른 애정으로 그는 보이스카우트 단장 일에 상당한 시간을 투자한다. 더욱이 그렙은 식품점의 저울과 추가 정확하지 못하다는 이유로 감시국의 경고와 벌금형을 받기도 한다. 무엇보다 오스카는 그렙의 취향에 맞지 않는 소년이고, 그렙 역시 오스카의 통찰력을 전혀 파악하지 못한다.

라스푸틴과 괴테

　　오스카의 집에서 조금 떨어져 있는 클라인함머벡에 사는 빵가게 주인 쉐플러 부인은 아이가 없어서인지 취미인 뜨개

질 결과물들을 집 안 곳곳에 전시해놓고 있다. "숨 막힐 듯 좁고, 겨울에는 난방이 지나치고 여름에는 꽃향기가 취할 정도로 넘치는" 쉐플러 부인의 방에서 오스카는 자신의 지적 성장에 결정적인 도움을 구한다. 그레첸 쉐플러가 소장한 그 많은 책 중에서 오스카는 본능적으로 필립 야콥 뮐러의 『라스푸틴과 여인들』과 괴테의 소설 『친화력』을 선택한다. 이 두 권의 책으로 대표되는 두 가지 상반되는 인생관은 오스카의 전 생애에 걸쳐 사고의 폭을 결정하는 양극으로 기능한다.

나 오스카는 치료 요양원 도서실의 책들을 교양 증진을 위해 한 권 한 권 내 방으로 가져오는 지금에 이르기까지 쉴러나 그 동아리들에게는 퇴자를 주고, 괴테와 라스푸틴, 신앙요법사와 만물박사, 여자들을 사로잡는 섬뜩한 자와 여자들에게 매혹당하기를 즐기는 고고한 시인 제후 사이에서 방황하였다. 내가 한순간 라스푸틴에게 더 소속감을 느끼고 괴테의 편협을 두려워했다면, 그것은 오스카 네가 괴테 살아생전에 북을 치고 다녔다면, 괴테는 너에게서 우독 비자연만을 감지했을 것이고, 너를 살아 움직이는 비자연으로 비난했음은 물론이요 그 자신의 천성과 기질을 지독히 단내 나는 꿀로 채우고는 『파우스트』[23]는 아니라 할지라도 색채이론의 두꺼운 책으로 불쌍한 네 녀석의 머리를 내리쳤을지도 모른다는 경미한 의심 때문이다.

오스카는 바로 이 두 권의 책을 사용하여 그레첸 쉐플러에게서 글자 지식을 배운다. 러시아 황제 측근에서 특유의 예언 능력을 바탕으로 수많은 염문을 뿌리며 종국에는 비극적 죽음을 맞게 되는 승려 출신의 신앙요법사 라스푸틴의 일대기 낭독은 쉐플러 부인에게 성적 자각을 불러일으킨다. 게다가 글을 배우는 오스카의 남다른 지적 능력을 눈치 채지 못한 어머니 아그네스 역시 이 낭독에 참가함으로써, 오스카는 오스카의 이해력을 과소평가하는 두 기혼 여성의 라스푸틴식 난교의 간접 체험의 현장에 동석하게 된다.

세 번째 문장을 읽을 때마다 두 여인은 킥킥거리고 그 입술들은 말라서 터질 지경이었다. 두 결혼한 여인은 라스푸틴이 요구하는 대로 서로 가까이 다가가 소파 방석 위에서 안절부절못하게 만들고 허벅지를 비비고 싶은 생각이 들도록 유도했다. 처음의 웃음소리는 결국에 가서는 한숨 소리로 변하고 라스푸틴 전기를 12쪽 읽다 보면 아마도 전혀 의도하지도 기대하지 않았던, 하지만 환한 대낮에 기꺼이 받아들일 만한 것을 가져다주었다. 거기에 대해 라스푸틴에게는 아무런 반대도 없었을 뿐 아니라 오히려 그는 부상으로 그와 같은 은총을 영원히 내렸을 것이다.

오스카의 독서는 라스푸틴 전기에만 치중된 것은 아니다.

쉐플러 부인의 방에서 『라스푸틴과 여인들』 책을 한 장씩 찢어 와 재독서를 위해 한 장 한 장 모은 오스카는 같은 방식으로 괴테의 연애소설 『친화력』도 뜯어 와서 두 책을 섞는다.

"그렇게 하여 새로 탄생한 책을 오스카는 더 크게 또는 마찬가지의 미소와 경탄으로 탐독하며 오틸리에가 얌전히 라스푸틴의 팔에 안겨 중부 독일의 정원을 거닐고, 괴테가 방종한 귀족 올가와 함께 겨울 페테스부르크의 난행에서 난행으로 썰매를 타고 다니는 것을 보았다."

오스카에게 내재하는 괴테의 인문주의와 라스푸틴의 야만성은 '두 영혼'으로, 이는 오스카의 여타 양면성과 괘를 같이하고 있다.

채소상 그렙과 소년들

고수머리에 매부리코에다 갈색 눈을 가진 채소상 그렙은 사내아이들, 날씬하고 가능하면 큰 눈을 가진, 창백해도 키가 큰 소년들에게 보이스카우트 창설자 바덴 파월의 유니폼을 선사하며 자신도 함께 짧은 바지를 입고 야영놀이를 즐긴다. 채식주의자인 그는 모든 것을 과장하는 버릇이 있다. 1938년 나치 소년단의 등장과 함께 그는 자신이 이끄는 소년단을 공식적으로 해체해야만 했는데, 소년들에게는 갈색 셔츠와 몸에 잘 어울리는 검은색 겨울 제복이 제공되었기 때문이다. 그럼에도 불구하고 그렙의 옛 소년들은 그를 찾아와 아침 노래, 저녁 노래, 하이킹 노래, 군인 노래, 추수 노래, 마리아 노래, 그 밖에도 국내외 민요를 부르곤 한다. 유능한 보이스카우트 단장으로서 그는 단치히와 그 역사에 일가견이 있는 매우 사교성이 뛰어난 인물이다. 하지만 그는 나치 체제가 용인할 수 없는 약점을 가지고 있다.

“그렙은 소년들을 사랑했다. 사실 소녀들보다 소년들을 더 사랑했다. 그는 자주 부르는 노래보다 더 소년들을 좋아했다.”

그렙은 자신의 ‘풍만한’ 부인을 등한시하는 대신 팽팽하고 근육질의 단련된 것들을 좋아한다.

19세기 말 산업화와 도시화에 대한 반발과 그 대응으로 독일 전역에서는 몸에 대한 새로운 관계 설정과 자연에로의 귀의를 주창하는 목소리가 커져갔는데, 소위 ‘몸 문화’는 자아실현의 수단이자 비위생적 생활환경에 대한 보완으로 이해되었다. 1890년부터 1910년까지 다수에 이르는 대체 집단과 종교 종파들이 생겨났다. 거기에는 반더포겔 운동에서부터 채식주의와 나체주의를 주창하는 생활 개혁 운동에 이르기까지 다양한 분포를 보여주었다. 소모적이고 비인간적 근대화에 대한 발전적·비판적 잠재력에도 불구하고 대부분은 전근대적 세계의 이상향을 동경하는 과정 속에서 반동적 노선을 걸었다. 이미 1922년부터 히틀러 소년단(HJ) 단원들은 이와 같은 대체 집단으로부터 충원되었다.

그렙은 소설 속에서 바로 이 '몸 문화'의 대표적 인물이다. 그는 스스로 자신의 몸을 남다르게 관리하는 것은 말할 것도 없고 더운 열과 추운 한기로 몸을 단련시킨다. 일주일에 두 차례 얼어붙은 겨울 새벽 발틱해에 나가 얼음 구멍을 만들고는 벗은 몸에 눈을 문지른 뒤 그 속에 뛰어든다.

"노래를 부르며 기껏해야 3분가량 냉수욕을 하고는 단숨에 빙판 위로 뛰어오른다. 김이 나는 붉게 물든 육체는 구멍 주위를 뛰어다니며 소리를 지른다. 붉은 기가 빠지면 그제야 옷을 입고 자전거에 올라탄다. 8시 조금 전에 그렙은 라베스벡에 돌아와 8시 정각이면 정확하게 자신의 채소 가게 문을 연다."

또한 일요일이면 그렙은 소년들을 대동하고 얼음 위의 눈 마사지와 겨울 바다 냉수욕을 즐긴다. 장인으로부터 원산지 채소를 공급받아 가게도 성업 중이다.

"부인을 때리지도 않고, 다른 여자들에게 한눈팔지도 않고, 술주정꾼도 난봉꾼도 아니며, 쾌활하고 몸가짐이 단정한 사람으로, 청소년들뿐 아니라, 노랫소리 들리는 저울로 감자 무게를 재어 고객들로부터도 사교적이고 남을 돕는 성격으로 오히려 사랑받는 사람이다."

그렙의 두 가지 열정은 그에게 치명적인 결과를 낳는데, 소년들에 대한 열정과 공작을 즐기는 취미가 그것이다. 우선 몸이 기형인 오스카는 그에게 흥미의 대상이 되지 못한다. 이 생기 넘치는 보이스카우트 단장 그렙이 1942년에 이르러서는 외롭고 더 이상 자기 자신을 돌보지 않는 늙은 남자로 변해버린다.

"소년들은 더 이상 찾아오지 않았다. 새로 자라나는 소년들은 그가 누구인지조차 몰랐다. 보이스카우트 시절 그의 충복들은 전쟁터에 나가 전선으로 흩어져 버렸다. 처음에는 군사우편이, 나중에는 엽서들만 오곤 했다. 그러던 어느 날 그렙은 자신이 가장 아끼던 보이스카우트 출신의 소년단 분대장(이후 소위로 진급한) 호르스트 도나트 군이 도네츠에서 전사했다는 소식을 여기저기를 거쳐 듣게 되었다."

전쟁의 여파는 채소 공급에도 영향을 주어 그렙은 더욱 곤경에 처한다. 그렙의 최후는 비극적이다. 보이스카우트 일을 그만둔 뒤 손으로 기계를 제작하는 일에 몰두해온 그는 부정확한 저울과 추로 인해 도량형 감시국과 갈등을 빚어 벌금형에 처해진 뒤, 우울증을 이기지 못해 자신과 같은 무게의 감자로 균형을 이루는 저울을 제작해 스스로 목숨을 끊는다. 자살 현장에는 부도덕적 행위를 근거로 법원에서 보내온 소환장이 찢어진 채 놓여 있다. 결국 그렙은 도량형 감시국과의 문제와 자신의 동성애적 성향이 가져올 파경을 두려워한 나머지 자살의 길을 택한 것이다. 이 비극적 상황의 희극적 묘사는 죽음의 그로테스크함을 유감없이 보여주고 있다.

아래쪽에서는 감자들이 연단 위에서 굴러 콘크리트 바닥으로 떨어지는 동안, 위에서는 잠금 장치에서 벗어난 타악기 오케스트라가 양철과 목재, 청동, 유리를 때리며 알브레히트 그렙의 피날레를 연주하고 있었다.

유대인

그라스의 유대인 묘사는 단치히 구시가 중심지에서 상점을 경영하는 마르쿠스에서 시작된다. 『양철북』을 통틀어 '유대인'이라는 단어와 '유대인 돼지 새끼'라는 단어는 각기 단한 번씩 등장할 뿐이다. 1959년 그라스의 첫 소설이 발간된당시만 해도 극도로 민감한 유대인 문제에 관해서는 이와 같이 절제로 일관했다. 마르쿠스가 폴란드인과 간통하는 아그네스의 안위를 걱정하는 것은 정치적 이유에서이지 도덕적이유 때문은 아니다. 폴란드의 정세는 기울어지는 데 반해 독일의 위상이 부상하는 상황에서 독일인과 혼인한 아그네스가 폴란드 우체국 직원인 사촌 얀 브론스키와 관계를 갖는다는 것은 위험하다는 것이다. 마르쿠스의 충언이 여기에서 끝

났다면 그는 이해관계 없는 객관적 제삼자로 남아 있었을 것이다. 하지만 마르쿠스는 여기에다 자신에게 유리한 계산을 펴 보인다.

아니면 제발 나 마르쿠스를 선택해주시오. 최근 세례도 받았다오. 아그네스, 같이 런던으로 갑시다. 그곳에는 내 친구들도 있고 주식도 채권도 많아요. 마르쿠스를 경멸하기 때문에 같이 가지 않겠다고 해도 좋소. 경멸하시오. 그러나 진심으로 부탁하오. 독일인이 오게 되면 폴란드인들은 끝장인데 폴란드 우체국에 다니는 브론스키에게 의지하는 것은 미친 짓이란 말이오.

마르쿠스는 오스카도 같이 런던에 데려 갈 것을 약속한다. "마체라트 부인, 제발, 저 아이도 함께 런던에 데리고 갑시다. 작은 왕자처럼 살게 될 것이오."

아그네스가 죽은 후 장례식에 찾아온 유대인 마르쿠스는 빵집 주인 쉐플러와 음악가 마인에 의해 장례식장에서 쫓겨나고 만다. 이 광경을 목격한 오스카는 자신의 '북 수호자'를 쫓아간다.

장난감 가게 주인 마르쿠스에 이어 『양철북』에는 또 다른 유대인 파인골트가 등장한다. 단치히가 함락되자 히틀러-스탈린 협정에 의해 소련의 점령지이던 빌나, 비알리스톡, 렙베르크에서 추방된 폴란드인들이 단치히에 몰려들었다. 유대인 파인골트가 식료품 가게를 접수하는 과정은 별다른 묘사 없이 "파인골트 씨는 그 자리에서 식료품 가게를 넘겨받았다."라고 간략하게 서술되고 있다.

파인골트의 가족 모두는 트렙링카 수용소에서 사망하고 그곳에서 소독약 뿌리는 일을 맡았던 그 자신만 살아남는다. 파인골트는 이미 고인이 된 가족들이 자기 주변에 살아 있다고 믿고 그들과 대화를 나누기도 한다. 오스카의 새어머니이자 첫사랑인 마리아는 이제 파인골트와 늙은 하일란트의 도움을 받아 마체라트를 매장한다. 도시에 주둔한 소련군들이 마리아를 범하려 하자, 러시아말을 하고 증명서를 가지고 있는 파인골트가 이를 저지한다. 갈리치엔 출신으로 주름살투성이에 사색적이고 침울한 인상을 주는 파인골트는 졸지에 집과 가게를 잃은 오스카와 마리아, 그리고 쿠르트에게 침실을 내주고 자신은 거실을 사용하겠노라고 제안하는 친절함을 보여주기도 한다.

나치의 우생학과 오스카

무엇보다 나치의 우생학과 단종법의 잠재적 희생자는 오스카 자신이다. 오스카가 베브라와 그의 단원과 함께 프랑스와 노르망디에서 선전병으로 고향을 떠나 있는 동안에도 경찰이 오스카의 행방을 찾고, 오스카가 돌아온 후에는 보건성 관리가 찾아와 마체라트와 언쟁을 벌인다. 여기서 오스카가 암시하는 것은 다름 아닌 정신적·육체적 불구자에 대한 나치 독일의 해결 방식이다.

"마체라트는 모두 들을 수 있도록 크게 소리치는 것이었다. '그건 말도 안 되는 소리요. 나는 아내의 임종 자리에서 약속했단 말이오. 그 애 아버지는 보건 경찰이 아니라 나란 말이오.' 그래서 나는 수용소에 가지 않게 되었다." 하지만 보건성은 집요했다. "그날 이후 2주일마다 마체라트에게 간단한 서명을 요구하는 공문서가 날아들었다. 하지만 마체라트는 서명을 거부했고 그의 주름살은 깊어갔다."

오스카에 대한 위험이 증가될수록 마체라트의 오스카에 대한 애착은 표면에 드러난다. 그는 혼잣말로 중얼거린다.

"안 될 말이지. 자기 아들을 어떻게. 열 번을 그렇다고 하고, 모든 의사가 같은 말을 한다 해도. 그네들은 아무 생각 없이 그냥 써 보낸 거야. 그 사람들은 아이들이 없을 거야."

이러한 상황에서 오스카 자신의 입장을 옹호하게 될 마체라트에게 베토벤의 인문주의 교양이 그 원인이었음을 오스카는 추측해본다. 마체라트는 "아그네스라면 그런 일을 하지도 허용하지도 않았을 거야."라고 되새긴다.

"'안 돼! 결코 안 될 말이야!' 라고 그는 소리쳤다. 그는 주먹으로 책상을 내리치면서 마리아로부터 건네받은 수용소 소장이 보낸 편지를 읽고 또 읽더니 편지를 찢어 그 조각들을 내던져 버렸다."

오스카는 그렇게 나치의 우생학 정책의 희생자가 되는 것을 피할 수 있었다.

"제국 보건청에서 작성한 서신에 마체라트가 서명하려고 할 때마다 마치 나의 불쌍한 엄마의 그림자가 그의 손가락을 마비시키듯 드리운 덕분에, 그 한 가지 이유로 세상이 저버린 내가 이 세상을 떠나지 않게 되었다."

오스카에 대한 당국의 압력은 전쟁이 끝나는 순간, 즉 독일 정부가 존속하는 마지막 순간까지 계속된다.

"열흘 동안이나 마체라트는 편지에 서명을 해서 보건성에 보내야 하는지를 망설였다. 열하루째 되던 날 마침내 그가 서명을 하고 편지를 보냈지만, 도시는 이미 포병들의 폭격을 맞고 있어서 우체국이 편지를 발송할 기회가 있었는지는 의문이었다. 로코소프스키 원수의 선봉 장갑부대가 엘빙 지역까지 진출했다. 바이스 지휘하의 제2군단은 단치히 주변 언덕 위에 주둔해 있었다. 이제 지하실 생활이 시작된 것이다."

이렇듯 오스카가 나치의 우생학 정책을 벗어나게 된 것은 실로 우연의 결과이다.

역사

역사소설?

그라스는 전통적 역사소설에서처럼 역사적 사건과 허구적 사건들, 그리고 그 속에 등장하는 역사적 인물과 허구적 인물들 사이에 일어나는 갈등을 보여주고 있지는 않다. 그 대신 역사적 사건들은 허구적 인물들 사이에 벌어지는 사소해 보이는 사건들의 배경으로, 혹은 비유적·풍자적으로, 혹은 조롱조로 암시될 뿐이다.

1941년 10월 소련 전선의 상황 악화는 오스카의 여성 편력과 연관된다. 모스크바 교외의 전투는 채소상 그렙의 부인 리나 그렙과 마찬가지로 질퍽질퍽한 대지와 관련된다.

"모스크바를 눈앞에 두고 탱크와 트럭들이 수렁에 빠진

것과 비슷하게 나 역시 꼼짝달싹 못하게 되었다."

이제 17세가 된 오스카는 리나 그렙의 '진창'에서 남성으로 성장하게 된다. "전쟁 막바지에 고향 전선에서의 노력을 과소평가해서는 안 된다."는 것이다. 오스카는 자신과 그렙과의 편력을 오케스트라에 비교하기도 한다. "유치하고 감상적이지만 달콤한 하모니카와 같은 마리아로부터 직접 지휘자의 지휘대로" 장소를 옮긴 셈이다. 집으로부터 불과 스무 발자국 떨어진 곳에 위치한 채소 가게의 침대 신세를 지고 있는 병약한 레나 그렙에게서 오스카는 스승 괴테와 라스푸틴이 가르쳐줄 수 없는 '여성 해부학'을 배우게 된다. 레나 그렙과의 관계는 성적 대체 만족을 추구하는 공생적 관계이다.

오스카의 서술 대상은 대역사가 아니라 미시 역사인 자신의 신상에 관한 역사이다. 그가 자신의 일대기를 써 내려간 글에는 오스카 자신의 인생 역정과도 같이 사실과 허구가 마구 뒤섞여 있다. 허구처럼 들티는 사실이 있는가 하면 사실보다 더 세밀하게 묘사된 허구도 있다.

오스카의 관찰력을 피할 수 있는 것은 없다. '아래로부터의 시야'를 가지고 그는 자신을 둘러싼 주변에서 벌어지는 소시민들의 죄책을 목격하면서 히틀러 시대의 가차 없는 기록자로 남는다.

1899~1938년

1899년 프로이센 경찰에 쫓겨 외할머니의 치마 속으로 피신한 방앗간 노동자 요셉 콜야이첵은 방앗간 담장을 폴란드 민족의 상징인 붉고 하얀색으로 칠하던 중 싸움에 휘말려 결국 흰색 방앗간을 ‘붉은 불빛’이 돌도록 불을 지른다. 이로 인해 지방 경찰에게 쫓기는 신세가 된 콜야이첵은 단치히가 위치한 서프로이센의 제재소와 나무 야적장에 방화를 일삼는 지명 수배범이 된다.

제1차 세계대전에 대한 언급은 극히 미세하다. 1923년 공황 역시 부문장 속 하나의 일화로 치부된다. 반면 공동 아파트 안뜰에서 아파트 내규에 따라 일주일에 두 차례 정기적으로 행해지는 양탄자 청소 장면은 상당한 주의를 기울여 묘사되고 있다.

“머리를 스카프로 묶고 둥글둥글한 팔뚝을 노출시키며 백 명이나 되는 가정주부들이 집 밖으로 사람 시체와 같은 크기의 양탄자들을 지고 나와 그것들을 청소용 장대 위에 올려놓고는 가죽을 땋아 만든 양탄자 막대를 붙잡고 안뜰 구석까지 가득하게 메마른 소리로 정적을 깨는 것이었다.”

소시민들의 이와 같은 ‘청결의 합창’에서 나타나는 근면과 청결, 그리고 공동체 의식에서 드러나는 이른바 승화된 폭력은, 같은 장소에서 오스카에게 오줌과 개구리를 넣고 끓인

수프를 먹도록 강요하며 테러를 가하는 이웃 어린이들의 폭력과 대칭을 이룬다. 이제 때는 1932년, 히틀러가 수상으로 임명되기 일 년 전이다.

나치의 집권이 이루어진 1933년, 오스카는 난쟁이 공연, 야외 그녀 오페라, 서커스, 그리고 마침내 나치의 야외 집회를 경험한다. 소설 전체를 통해 단 두 번밖에 언급되지 않는 히틀러의 모습, 그 첫 번째는 거실 피아노 위에 자리를 차지한 그의 '침울한' 초상화이다. 두 번째 언급은 단치히 자유도시가 전쟁 발발 10일 만에 히틀러의 독일과 합병되어 1939년 9월 19일 아르투스 호프에서 그가 직접 연설할 때이다.

자유도시 단치히, 벽돌로 된 고딕 건축물의 도시는 대독일제국에 병합됨을 자축하며 검은색 메르세데스 자동차에 서서 끊임없이 직각으로 팔을 올려 인사하는 아돌프 히틀러의 저 푸른 눈을 환호할 수 있었다. 그는 푸른 눈과 여자들을 사로잡는다는 점에서 얀 브론스키와 공통점을 가지고 있었다.

오스카의 자서전과 독일의 역사는 일정한 사각을 유지하면서 연관되어 기술된다. 대수롭지 않다는 듯이 언급되는 세상을 뒤흔드는 역사적 사건은 오스카 가족사를 서술하기 위한 배경 노릇을 할 뿐이다. 『양철북』 제1권에서 서술되는 오스카 나름의 일그러진 독일 사회상은 나치의 등장을 숙명적으로 기다리는, 1899년부터 1938년까지의 독일 역사의 허울을 벗기는 역할을 하고 있다. 따라서 그라스의 풍자적 시야는 나치 시대를 독일 심상의 악마적이고 영웅적 발작으로 이해하는 입장과는 큰 차이를 보인다.

일례를 들어, 토마스 만의 소설 『파우스트 박사』에서는 나치야말로 초자연적 악마의 화신으로서 공포의 대상인 동시에 그것의 부절제에서 매혹과 숭고함을 느끼게 된다고 한다. 하지만 그라스가 나치를 보는 눈은 다르다. 소규모의 악과 위선, 탐욕과 좌절, 원한과 무료를 느끼는 소시민들에게 나치의 강령은 그들 나름대로의 불만과 원한을 표출할 수 있는 대변인의 역할을 맡는다. 홀로코스트는 그 어떤 급격한 기존 사회체제의 변동 없이도 바로 보통 사람들 덕분에 생겨난 것이다.

수정의 밤

1938년 11월 7일 파리에 살고 있는 17세의 폴란드 유대인 청년이 독일 영사관에 잠입하여 독일 외교관 한 명을 사살했다. 그는 자신의 범행 동기를 유대인에 대한 나치 독일의 처분 때문이라고 언급했다. 이 소식을 전해 들은 히틀러는 독일 전국에 걸친 대(對) 유대인 보복을 명령했다. 3일 만에 독일 전역의 유대인 회당을 위시하여 상점과 주택은 파괴의 희생물이 되고 말았다. 이후 길가에 흩어진 유리 파편들에서 유래하여 이 사건을 사람들은 "수정의 밤"이라고 불렀다. 이 사건을 계기로 유대인 91명이 사망하그 2만여 명이 체포되었으며 유대인에게 부과된 벌금만도 100만 마르크에 달했다. 그뿐 아니라 보험료를 청구한 유대인들로부터 나치 독일은 그 지불금조차도 몰수했다.

『양철북』 제1권의 마지막 장인 「믿음, 소망, 사랑」을 시작하기에 앞서 오스카는 다음과 같은 설명을 자신을 돌보아주는 간호사에게 일러준다.

"좋소, 브루노, 다음 장은 좀 더 나지막하게 나의 북으로 구술할 것이오. 사실 그 주제는 고함치며 굶주린 오케스트라의 음악을 필요로 하는데도 말이오."

기독교의 3대 지주인 '믿음, 소망, 사랑'과는 대조적으로 「믿음, 소망, 사랑」의 내용은 폭력과 기괴함이 난무하는 파국적 상황의 세속사이다. 이 세속사는 동화의 형식을 통해, 그 비극적 내용은 반복을 통해 희비극으로 변용된다. 또한 「믿음, 소망, 사랑」이 그 이전이나 이후의 서술과 비교하여 두드러진 차이는 비단 장르의 차이뿐만이 아니다. 이미 소개된 사건과 인물들은 이제 '수정의 밤'이라는 지극히 상징적이며 가시적인 나치 제국의 정치적 사건과 연류된다. 「믿음, 소망, 사랑」의 장은 이웃 청년 투루친스키의 장례식으로 시작된다.

옛날 옛날 한 옛날에 돌격대원은 기마병 돌격대 유니폼 위에 외투를 입고서 어린 시절의 친구 무덤에서 술기운에 밝은 소리로 멋지게 트럼펫을 불었다. 어느 묘지에나 있는 저 슈거 레오가 애도객들에게 조의를 표하자 모든 이가 슈거 레오의 애도의 말을 들었다. 오로지 돌격대원만이 레오의 흰 장갑을 잡을 수 없었다. 왜냐면 레오가 돌격대원을 알아보고, 겁을 내며, 그에게 크게 고함을 지르면서 장갑 낀 손으로 조의를 표시하기를 거부했기 때문이다. 돌격대원 마인이 어느 날 자신의 어린 친구의 장례식에서 돌아와 슬픔에 잠긴 채 그에게 누군가가 조의를 표하기를 거부한 덕분에 술기운이 깨어 있는데, 집에는 자신과 수고양이 네 마리만 있었다.

집 안에는 네 마리의 수고양이와 그들의 먹이인 청어 냄새가 진동하고 있다. 마인은 술을 끊고 돌격대원으로 새로운 인생의 출발을 공언한 바 있다. 고양이 냄새와 청어 냄새가 신경에 거슬리는 데다 술을 구할 수 없게 되자 마인은 홧김에 부젓가락으로 비스마르크라는 이름의 수고양이를 포함하여 네 마리의 수고양이를 모두 때려죽인다.

같은 임대 건물 일층 방 두 칸짜리 아파트에는 시계 수선공 라웁샤트가 살고 있다. 나치 후생복지조직과 동물보호협회 회원인 미혼의 라웁샤트는 장례식이 있던 날 오후 창문을 통해 아파트 안마당에 아래쪽이 흥건히 젖어 있는 반쯤 찬 감자 부대가 쓰레기통에 투척되는 것을 목격한다. 이미 4분의 3가량 차 있던 쓰레기통은 감자 부대 속의 쓰레기가 팽창하는 바람에 뚜껑이 열린다. 안마당을 관찰하던 라웁샤트는 이를 목격하고 부대 속에서 죽은 고양이 세 마리와 아직 죽지 않은 비스마르크를 발견하고 동물보호협회에 이 사실을 보고한다. 마인은 동물 학대 혐의로 고발당하고 벌금형을 치른 뒤, 품위에 맞지 않는 행동을 했다는 이유로 결국 돌격대로부터 제명당한다. 마인은 1938년 독일제국 전역에 걸쳐 기획된 유대인 상점 약탈·파괴·방화 행위에서 보여준 남다른 '용감무쌍함'에도 불구하고 소위 비인간적인 동물 학대를 했다는 이유로 강등당하고 돌격대에서도 쫓겨난 것이다. 마인은 일 년이 지난 뒤 방위군에 가입되고 이 방위군은 무장친위대(SS)에 편입된다.

마인의 행적에 대한 오스카의 묘사는 그것의 외양적 객관성과 내용의 부조리함 사이의 불일치로 인한 풍자는 물론, 그것이 독자들에게 미치는 효과에서도 그로테스크함을 보여주기에 부족함이 없다. 비인간적 동물 학대를 이유로 조직에서 강등되고 제명당하는 독일 사회는 또 다른 곳에서 조직적 인간 살육을 합법적으로 감행하고 있었던 것이다. '옛날 옛적에'라는 동화 형식을 빌려 서술된 이 글들은 역사적·일회적 사건에 보편적 성격을 부여한다.

1938년 11월의 어느 날 오스카와 마체라트 부자는 단치히 시내 랑가세에 위치한 유대인 회당이 불타는 장소로 구경을 간다. 주변 다른 유대인 회당과 마찬가지로 "회당은 거의 타고 없어졌다. 소방단원들은 불길이 다른 건물로 번지지 않도록 주의를 기울였다."

합법화된 집단적 테러의 현장은 소년 오스카의 시점이 유지되며 묘사되고 있다.

"폐허 앞에서 유니폼을 입은 자들과 민간인들은 책이며 예배용 물품이며 그 외에도 특이한 종류의 천들을 한곳에 끌어 모았다. 그 산더미에 불이 붙었는데 식료품 가게 주인이 이 기회를 이용해 공용 불 위에 자신의 손가락과 감정을 데우는 것이었다."

기회주의적 소시민의 전형인 마체라트는 대중의 폭력 사태의 정치적 함의나 도덕적 평가에 관해서는 추호의 관심도 보이지 않는다. 오스카 역시 마체라트의 입장과 크게 다르다고 할 수 없다. 오스카는 혼란을 틈 타 초익하우스파사쥐에 위치한 유대인 마르쿠스의 상점을 찾는다. 오스카의 관심은 오직 미학적 관심이다. 마르쿠스를 찾은 이유는 유대인인 그의 신상의 위험에 대한 걱정이라기보다는 양철북을 공급해 주는 공급원으로서의 안위에 대한 걱정이다. 오스카는 직업이 북 치는 사람이고 양철북 없이는 살 수 없고 또 살기도 원치 않기 때문에 그를 찾은 것이다. 오스카가 마르쿠스 상점에서 발견한 상황은 사태의 비극과 가해자의 치기를 혼합한 의외의 시선을 보여주고 있다.

내가 그들로부터 빠져나왔다고 믿었던 바로 그 소방단원들이 나에 앞서 마르쿠스를 방문했던 것이다. 그들은 페인트에 담근 붓으로 상품 진열장 유리에 삐뚜하게 쥐터린 서체로 "유대인 돼지 새끼"라고 쓰고는 스스로 글씨에 불만이 있었던지 구두 뒤축으로 진열장 유리를 까뜨려버려, 그들이 마르쿠스에게 뒤집어씌운 명칭은 짐작만 될 뿐이었다. 그들은 입구를 무시해버리고는 깨진 진열장 유리를 통과해 가게 안으로 들어가 그곳에서 어린이 장난감을 가지고 그들 나름대로 놀고 있었다.

돌격대원들로 확인된 폭도들은 장난감들 위에 "반쯤 소화된 완두콩이 묻어 있는 갈색 소시지"를 짓이겨 놓는다. 그들 중 한 명은 단검을 꺼내 인형 몸둥이들을 갈라놓고는 통통한 인형 몸통과 팔다리에서 매번 톱밥만 발견되자 실망을 금치 못한다. 가게 안 사무실 책상에는 오스카가 "북 보관소 관리인"이라 칭하던 마르쿠스가 엎드린 채 죽어 있다.

"마르쿠스 앞의 책상 위에는 우리컵이 놓여 있었다. 부서

지면서 비명을 지른 진열장 유리가 그의 입천장이 바싹 타오르도록 갈증을 야기시키는 순간 그는 그 물을 마실 필요를 느꼈으리라.”

외양상 어린이의 눈을 통한 관찰자의 천진난만한 미학적 수사를 동원한 묘사와 대비되는 사태의 심각성은 이 장면이 갖는 풍자와 아이러니의 본질이다.

폭력과 테러의 난무는 무엇보다 오스카에게 난쟁이 고수(鼓手)로서의 자신에게 닥쳐올 ‘고난의 시대’를 예상하게 한다. 그는 폐허가 된 마르쿠스의 가게에서 성한 북 하나와 덜 손상된 북 두 개를 훔쳐 자신을 찾고 있을 아버지를 향해 콜렌마르크트 쪽으로 간다. 이때 오스카는 시립 극장 앞에서 고린도전서 1편 13장의 “믿음과 소망과 사랑”이란 글자가 쓰인 현수막 아래서 모금을 하고 있는 부녀자들을 목격한다. 오스카는 독일 근대사의 폭력 사건을 배경으로 기독교의 이 세 가지 중심 개념이 어떻게 그 본래의 의미를 상실했는지를 보여주고 있다. ‘믿음, 소망, 사랑’이 포함된 합성어를 나열하여 그 의미의 전의(轉意)를 보여주고는 언어 비판으로 넘어간다.

속기 쉬운 사람들은 산타클라우스를 믿지만 그는 실은 가스 검침원이다. 여기에서 당시 산타클라우스는 히틀러를 지칭한다. 사람들은 구세주인 아기 예수를 기다리지만 정작 오는 사람은, 만약 그 사람이 오지 않으면 음식을 짓지 못하는 가스맨이다. 가스 검침기를 겨드랑이에 차고 나타난 천상의 가스맨은 성령을 보내주어 사람들은 비둘기를 요리해 먹는다. 가스맨에 대한 믿음으로 해서 믿음의 의미가 상실된 다음에는 사랑이 비판의 대상이 된다. 오스카는 사랑의 개념이 변질될 때 나타나는 폭력성을 꼬집는다.

> 순전한 사랑 때문에 그들은 서로를 먹는 '무'라고 부르고, 무를 사랑하고 물어뜯는다. 사랑 때문에 무 하나가 다른 무를 뜯어문다. 그러고는 무들 사이의 천상적이고 세속적인 사랑을 이야기하고 서로 물기 전에 생생하고, 허기져, 날카롭게 속삭인다. 무여, 그대 나를 사랑하는가? 나도 그대를 사랑한다.

"사랑 때문에 무를 물어뜯고, 가스맨에 대한 믿음이 국가 종교로 선포된 다음"에는 고린도전서의 "마지막 남은 상품"인 희망이 있다. 사람들은 그 어떤 비극적 상황에서도 현 상황의 종결과 구원과 새로운 출발의 희망을 버리지 않는다. 그리하여 쓰여 있기를, "인간은 희강을 버리지 않는 한 희망찬 끝맺음으로 항상 처음부터 다시 시작할 수 있다."라고.

그러나 믿음이 사라지고 사랑의 의미가 변질된 지금, 무엇보다 제2차 세계대전 패배 후 전후 독일에 살고 있는 오스카의 눈에 희망이라는 말은 공허하게 들릴 수밖에 없을 것이다.

전쟁과 소시민의 일상사

세상을 움직이는 대역사의 변화도 오스카의 가족사 앞에 서는 그 의미가 축소될 수밖에 없다. 오스카는 자신의 첫사랑 마리아와 마체라트 사이의 성행위를 목격하고 이를 훼방한다. 두 사람의 조심스러운 성행위에도 불구하고, 오스카는 마체라트 등 위에 올라타 북을 치고 마체라트로 하여금 원하지도 않는 사정을 하게 만든다. 그로 인해 마체라트는 마리아로부터 "졸장부"라는 질책을 당하고, 마리아는 마체라트로부터 "밝히는 여자"라는 비난을 받는다.

바로 이와 같은 근원적 갈등이 발생하는 상황에 라디오에서는 임시뉴스가 흘러나오고 있다.

아일랜드 서쪽 해상에서 잠수함 여러 척이 수천 톤급 선박 7, 8척을 침몰시켰다. 그뿐 아니라 대서양에서도 거의 같은 톤수의 배들을 바다 밑으로까지 구멍을 파 들어가 격침시켰다.

섹슈얼리티의 불화는 전쟁터라는 대체물 속에서 성적 메타포로 발화되고 있다. 남성의 성적 활력은 임시뉴스에서 보상받고 있다. 전쟁은 라디오의 임시뉴스, 아니면 군대에 징집된 아들이 보내오는 그림엽서로만 민간인들의 일상적 가정생활에 그 얼굴을 들이밀고 있다.

(19)40년 7월, 프랑스 전선에서 빠른 성공을 알리는 특별 성명이 발표되자마자 발트해의 해수욕 시즌이 시작되었다. 상병이 된 마리아의 오빠 프리츠가 파리로부터 그림엽서를 보내왔을 무렵, 바다 공기가 건강에 좋다면서 오스카를 바다로 놀러가도록 하자고 마체라트와 마리아는 결정을 보았다.

임시뉴스에서 거론되는 전투가 벌어지는 도시 이름들은 오스카에게는 지리 공부에 버금간다.

쿠반, 미우스, 돈 강이 어디서 흐르는지, 그것이 아니었다면 어떻게 알았겠는가? 극동에서 벌어지는 상세한 라디오 보도가 아니었다면 알류샨 열도의 아투, 키스카, 그리고 아닥의 지리적 위치를 어떻게 더 잘 알려주었겠는가? 그리하여 나는 (19)43년 1월에 스탈린그라드는 볼가 강에 위치하고 있음을 알게 되었다.

그뿐 아니라 독일군의 전쟁 지명과 전투는 가족의 질병과 연관되어 기억된다.

마리아의 독감이 사라지고 난 뒤 라디오에서는 지리 수업이 계속되었다. 르베브와 뎀얀스크는 오늘날까지도 오스카가 어떤 소련의 지도에서도 눈을 감고도 금방 찾아낼 수 있는 지명이다.

마리아가 완쾌되자 나의 아들 쿠르트가 백일해에 걸렸다. 치열한 전투가 벌어지고 있는 튀니지아의 몇몇 오아시스 지역의 어려운 이름들을 외우려고 애쓰는 동안 아프리카 사단과 마찬가지로 쿠르트의 백일해도 끝이 났다.

아버지 마체라트의 부성을 부인했던 오스카는 이제 마리아가 낳은 쿠르트의 아버지가 자신이라고 믿는다. 쿠르트가 태어난 해는 독일의 전쟁사와 병행하여 묘사되고 있다. 오스카가 "믿을 수 없는 달"이라고 지칭한 8월에 쿠르트는 태어난다. 발칸에서의 승전 후 거대한 독일군 병력은 동부 전선에 투입된다. 이미 파리는 함락된 상황이다. 아그네스가 세 살 생일날 양철북을 선물하겠다고 아기 오스카에게 약속했던 것처럼, 오스카는 쿠르트에게 똑같은 약속을 한다. 또한 '뜨거운 8월'에 거행된 쿠르트의 세례식은 스모레렌스크 포위전과 병치된다.

전쟁의 진행과 더불어 1939년 독일제국으로 편입된 지역의 폴란드인들은 강제로 게르만화 정책의 대상이 되었다. 게르만화는 자동적으로 이루어진 것이 아니라 조건에 따라 차등적으로 이루어졌는데 제1·제2그룹에는 독일성을 유지한 사람들이 포함되었고, 제3그룹에는 폴란드·카슈브·마주르 출신의 친인척을 가진 독일인이 포함되었다. 그리고 마지막

제4그룹에는 폴란드화된 독일인이 포함되었다가 나중에는 인종적으로 순수한 폴란드인과 우크라이나인 등이 포함되었다.

이에 따라 오스카의 외할머니와 의붓외할아버지는 제3그룹에 포함되고, 발틱해의 독일인 엘러스와 재혼한 죽은 얀의 미망인과 그 아들 슈테판은 게르만화를 위해 신청서를 제출한다.

죽음

아그네스의 죽음

50년 이상의 독일 역사를 다루고 있는 이 소설에 묘사된 그 많은 죽음과는 대비적으로 출생은 단 세 건만 기록되고 있다. 1924년 오스카 자신의 출생, 1899년 10월 어머니 아그네스의 출생, 그리고 1940년 가을 쿠르트의 탄생이 그것이다.

반면에 총 23건이나 언급된 죽음은 각기 서로 상이한 형태를 취하고 있다. 1913년 프로이센 경찰로부터 추적당하던 요셉 콜야이첵은 강물에 익사하고, 죽은 형 요셉을 대신해 오스카의 할머니 안나 콜야이첵과 혼인한 그레고어 콜야이첵은 독감으로 사망한다. 그보다 더 소름 끼치는 일화는 「성(聖)금요일의 식사」 장면이다. 바닷가 어부는 죽은 말의 귀와 입에서 우글거리는 뱀장어들이 1915년 유트란트 전투가 일어난, 이른바 그해 풍년에는 특히 컸다고 말한다. 죽은 해군들의 시체가 뱀장어 먹이가 되어준 것이다. 그리스도의 수난과 죽음을 기념하는 성금요일은 구원이 따르지 않는 인간의 고행을 보여주고 있다. 자신의 인생을 수난의 길로 인식하게 된 아그네스는 뱀장어가 우글거리고 있는 말 대가리를 쳐다본다. "가지런히 나 있는 누른색의 말 치아가 웃고 있다." 어부가 아가미 속에서 한번에 꺼낸 뱀장어 두 마리는 아그네스의 육체를 탐닉하며 살고 있는 오스카의 두 아버지를 생각나게 한다. 이윽고 어부는 말의 귀에서 뱀장어를 꺼낸다. 이는 오스카와 어머니가 관람했던 동화 공연에 나오는 말의 귀에 앉아 있는 난쟁이를 연상시킨다. 어부는 또 사람의 시체 속에서 영양을 섭취하는 뱀장어에 관해 이야기한다. "특히 스카게락 해전[24]이 있은 뒤 주변의 뱀장어들이 어마어마하게 살이 쪘다고 얘기한다."

이렇듯 뱀장어와 죽음의 모티브가 직접적으로 연결된다. 독자들은 아그네스의 아버지가 모틀라우 강에서 사라졌음을 기억한다. 바로 그 강에서 어부는 뱀장어를 낚은 것이다. 또한 오스카가 입은 옷은 해군 유니폼에다 스카게락 해전에 참가했던 선박의 하나인 "SMS 자이트리츠"호 표장이 달린 해군 모자가 아닌가. 그뿐 아니라 뱀장어는 남근과 섹슈얼리티의 상징이다. 해안 쪽으로 잡세 묘지의 울타리같이 녹슨 배가 시야에 들어온다. 그곳은 다름 아닌 아그네스가 죽으면 묻히고 싶은 장소이다. 원치 않는 임신을 한 아그네스는 이제 죽음과 삶의 끔찍한 사슬을 깨닫는다.

스카게락 해전의 뱀장어, 노이파바써 제방의 뱀장어, 성금요일의 뱀장어, 말 머리에서 나온 뱀장어, 뗏목 밑으로 빠져 뱀장어 먹이가 된 아버지 요셉 콜야이첵에서 나온 뱀장어, 당신의 몸에서 나온 뱀장어, 왜냐하면 뱀장어는 뱀장어가 되는 이유로.

죽은 말의 머리에 기생하는 뱀장어를 본 아그네스는 마체라트에게 뱀장어는 물론이고 앞으로 그 어떤 생선도 먹지 않겠노라고 공언한다. 아그네스는 무의미한 사건의 순환이 자신의 인생을 결정하고 있음을 깨닫는다. 그녀는 뱀장어가 우글거리는 성금요일의 말 대가리에서 인생의 나락을 응시한 것이다. 아그네스에게는 그 무엇으로도 메울 수 없는 심연이 눈앞에 열린 것이다. 그녀는 구토를 느끼는, 그 구토 속에서도 가끔씩 미소 지으며 경련으로 황폐화된 얼굴을 하면서 죽는다. 결국 간통에 의해 임신을 한 아그네스는 죄책감 때문에 스스로 생선 중독과 황달에 걸려 임신 3개월의 몸으로 죽은 것이다.

오스카는 어머니의 죽음을 이렇게 합리화시키고 있다.

그녀가 수년 전부터 삼각관계를 청산할 방도를 애써 찾다가 결국에는 다음과 같은 해결책을 구했음을, 목요일에는 구시가로 토요일에는 성심 성당으로 따라갔던 오스카는 진작 깨닫지 않았던가? 아마도 그녀가 저주하던 마체라트는 그녀의 죽음에 죄의식을 갖게 될 것이며, 얀, 그녀의 얀은 다음과 같은 생각을 가지고 폴란드 우체국에서 근무를 계속할 수 있으리라고. 그녀는 나를 위해 죽음을 택했다. 그녀는 나에게 장애물이 되기를 원치 않았다. 그녀는 자신을 희생시켰다.

전쟁과 죽음

제2차 대전이 가까워지면서 자살은 더욱 빈번하게 발생한다. 1937년 5월 뱀장어 사건 이후 생선 중독으로 자살한 아그네스에 이어, 관세가 부과되고 폴란드와 자유시 사이의 국경이 잠정적으로 폐쇄된 1938년 가을에는 헤르베르트 투루친스키가 박물관에 있는 여인의 목각상에 매달려 죽는다. 지기스문트 마르쿠스는 1938년 11월 9일 '수정의 밤' 테러 앞에 굴복하고 자살한다. 1942년 10월에는 야채상 주인 그렙이 자신이 좋아하던 러시아 도네츠 강 전투에서 전사한 호르스트 도나트에 대한 슬픔을 이기지 못하고 자살한다. 나머지 이웃들은 더욱 잔인한 죽음을 맞는다. 헤드비히 브론스키의 남편 얀은 처형되고, 그 뒤를 이은 독일인 남편 역시 잔인한 죽음을 맞는다. 마체라트는 나치 배지를 삼키려다 목에 걸려 소련군의 총에 죽고, 로스비타는 노르망디에 상륙하는 연합군의 포격으로 사망한다.

1943년 6월 베브라의 전선 극장의 일행과 함께 고향을 떠나는 오스카는 자신을 예전에 괴롭히던 죽은 이웃 아이들을 회고한다.

"슐라거의 아들은 죽었다. 아이케의 아들은 죽었다. 콜린의 아들은 죽었다."

누치 아이케는 크레타 섬에 누워 있고, 패거리의 우두머리로 오스카에게 수프를 마시도록 강요했던 여섯 명의 아이들 중 어린 케젠과 수지 카터만이 생존해 있다. 오스카보다 두 달 일찍 태어난 얀의 아들 슈테판 브론스키는 소위로 진급된 뒤 북극에서 사망한다. 오스카의 이복동생 격인 얀 브론스키의 아들 슈테판 브론스키는 1944년 북빙양에서 전사한다. 결국 폴란드 우체국을 사수하던 그의 아버지 얀이 독일군에 의해 사형에 처해지고, 그의 아들은 독일군 장교로 싸우다 전사한 것이다.

슈테판의 아버지 얀이 폴란드 우체국을 사수하다가 셔츠 속에 트럼프 카드를 지닌 채 사형되어 잡세 묘지에 묻힌 반면, 슈테판의 저고리를 장식한 것은 2등 철십자 훈장, 보병 돌격대 휘장, 그리고 동부 전선에서 사망한 군인들에게 수여되는 소위 냉동육 훈장이었다.

단치히에 대한 공습은 1945년 1월에 시작되었다. 오스카의 이웃들 중 첫 번째로 투르친스키 부인이 죽음을 맞는다. 시내에 큰 공습이 있던 날 투루친스키 부인은 창문 앞에 놓인 의자에 앉아 있다가 뇌졸중을 일으켜 "아래턱은 축 늘어지고 작고 성가신 각다귀가 눈 속에 들어간 양 눈을 흘긴" 자세로 죽는다. 이웃들은 투루친스키 부인을 염하는 데 힘을 모은다. 미처 검은 페인트가 없어 식료품 박스로 급조한 관의 뒤를 따르는 오스카는 북을 치면서 계단을 내려간다. 이어지는 관에 대한 묘사 속의 희극적 요소는 비극적 상황을 더욱 가중시킨다.

비텔로 - 마가린 - 비텔로 - 마가린 - 비텔로 - 마가린이라고 일정한 간격으로 위아래로 적혀 있으면서 뒤늦게나마 투루친스키 부인의 입맛을 보여주고 있었다. 살아생전 그녀는 최상급의 버터보다 몸에 좋은 순식물성 지방의 비텔로 마가린을 선호했었다. 왜냐하면 마가린은 건강에 좋고 신선하고 영양 만점에 기분도 유쾌하게 만들어주니까.

힌덴부르크 거리에는 이미 퇴각하는 독일군 탱크들이 길을 막고 있었다. 여기서 오스카는 처형되어 나무에 걸려 있는 탈영병들의 모습을 목격한다.

나무에는—내 기억으로는 보리수 나무였다—의용군과 군인들이 매달려 있었다. 제복 웃옷 앞섶에 달려 있는 마분지에 쓰여 있는 글씨들은 어느 정도 알아볼 수 있었는데 그 내용인즉, 나무 위에 매달린 자들은 매국노라는 것이다. 몇몇 목을 매단 자들의 얼굴을 쳐다보면서 서로 비교해보고, 또 목매달고 죽은 채 소상 그렙의 얼굴과도 비교해보았다.

마체라트의 죽음

단치히의 함락을 오스카는 다음과 같이 간결하게 묘사하고 있다.

"우(右)도시, 구(舊)도시, 후추 도시, 전(前)도시, 신도시, 저(低)도시. 사람들이 700년 넘게 쌓아올린 단치히가 3일 만에 불타버렸다."

그러고 나서 오스카는 단치히의 역사를 거슬러 올라가 이 도시가 겪었던 방화의 역사를 기술한다. 패전의 가장 비극적 죽음은 마체라트의 몫이 된다. 계속되는 공습과 그로 인한 화재는 마체라트로 하여금 나치 정권에 대한 근본적인 회의를 불러일으킨다.

산타클라우스를 계속 믿어야 할지를 몰라 쩔쩔매는 어린아이처럼 겁에 질려 마체라트는 지하실 한가운데 서서, 바지 멜빵을 잡아당기면서 처음으로 최후의 승리에 대한 회의를 표명했다.

그 다음으로 지하실에서 벌어지는 광경은 템포 빠른 영화의 장면을 재현하고 있다. 그렙 부인의 권유에 따라 웃옷의 나치당 배지를 어디에 처분할지 몰라 곤궁에 처한 마체라트는 배지를 콘크리트 바닥에 던진다. 이를 본 오스카와 이복동생 쿠르트는 배지를 향해 달려들고, 오스카는 자신이 "사탕"이라고 부르는 것을 손에 쥔다. 이 때 소련군 여섯 명이 지하실로 진입한다. 어른들이 두 손을 높이 쳐들고 있는 가운데 소련군 세 명이 그렙 부인을 겁탈한다.

이 겁탈 장면에 대한 오스카의 여과 없는 묘사는 극도의 양가적(兩價的)입장을 보여주고 있다.

네모난 제복을 입은 군인 세 명이 미망인 그렙에게 흥미를 갖게 되자 경직된 사람들 사이에서 움직임이 보이기 시작했다. 오랜 과부 생활과 또 그 이전의 금욕기간 끝에 그렇게 활기찬 침입을 전혀 기대하지 못했던 그렙 부인은 처음에는 놀라 비명을 지르더니 곧이어 거의 그녀가 잊고 있었던 자세로 되돌아갔다.

여전히 사탕을 손에 쥐고 있는 오스카를 소련 병사들이 돌아가면서 안는다. 자신을 안고 있는 소련 병사의 옷깃 가장자리에서 납작한 회갈색 생물 즉 '이'를 발견한 오스카는 그 한 마리를 잡기 위해 손에 쥐고 있었던 사탕을 맞은편에서 두 손을 쳐들고 있는 마체라트에게 건넨다. 그것을 두 손가락 사이에 받아 쥔 마체라트는 그 물건을 처분할 방도를 찾지 못하자 자신의 입속에 집어넣는다. 소련군들은 마체라트가 사탕을 삼키는 장면을 목격한다.

이제 그는 사탕이 목에 걸려 얼굴이 붉어지고, 눈이 부어오르고, 기침을 하고, 눈물을 흘리다가 이 모든 감정의 기복으로 두 손을 위로 쳐들고 있을 수 없었다. 이를 이반은 용납하지 않았다. 그들은 소리 지르며 마체라트의 손바닥을 다시 보려고 했다. 그러나 마체라트는 완전히 자신의 호흡 기관에 정신이 나가 있었다. 이제 기침조차 제대로 할 수 없는 지경에 춤을 추고 팔을 흔들고 라이프치히 야채 요리가 가득 차 있는 통조림 깡통을 선반에서 쓸어버렸다. 그러자 지금까지 찢어진 눈으로 조용히 사태를 관찰하고 있던 칼뮈크인이 나를 팔에서 내려놓더니 뒤로 손을 뻗쳐 무엇인가를 수평으로 들고는 허리에서부터 쏘아

됐다. 마체라트가 질식하는 것을 기다릴 것도 없이 탄창 하나가
빌 때까지 모조리 쏘아댔다.

마체라트가 죽음으로써 고아가 된 스물한 살의 오스카는
이제 다시 성장을 계속할 것을 결심한다. 마체라트의 죽음에
오스카는 스스로 그 책임을 인정한다. 이는 쿠르트의 생각을
추측해보는 오스카의 독백에 잘 나타나 있다.

아니면, 그는 다음과 같이 결심이라도 했단 말인가? 나의 추정
상의 아버지 오스카에게 죽음이 있으라. 오스카는 아버지들에
게 신물이 났다는 이유로 나의 추정상의 아버지 마체라트를 당
배지를 사용해서 죽였다. 아버지와 아들 사이에 바람직한 순진
무구한 애정을 그 역시 살해 이외의 방법으로는 표현할 수 없는
것인가?

그뿐이 아니다. 오스카는 마체라트의 관이 땅속으로 들어
가는 순간 이렇게 고백한다.
"마체라트를 의도적으로 죽인 이유는 그가 분명 추정상의
아버지일 뿐만 아니라 오스카의 진짜 아버지이기 때문이었
다. 또 다른 이유는 오스카가 평생 아버지를 지니고 산다는
것이 싫증 났기 때문이었다."

오스카는 전형적인 믿을 수 없는 1인칭 화자임에도 불구하고 마체라트를 죽음으로 몰고 간 자신의 책임에 대해서는 상당히 단호한 입장을 보여준다.

“그가 당(黨)을 입술 위에 올려놓고 그것에 목이 막히도록. 당에, 나에, 자신의 아들로 인해 목에 걸려 숨 막혀 죽도록. 그것들은 끝이 나야만 했다.”

오스카는 또한 자신의 양철북과 북채를 마체라트의 무덤 속에 같이 묻는다. 그 순간 오스카는 코피를 흘리며 성장하기 시작한다.

“코피는 이제 완전히 멈추었지만 내 속에서는 덜컥거리고 삐걱거리며 부서지는 소리와 함께 성장은 계속되었다.”

오스카는 결국 서술하고 있는 1954년 현재 1미터 21센티미터까지 자라게 된다. 오스카가 94센티미터에서 1미터 21센티미터로 성장하게 된 데는 자신의 결심만 작용한 것은 아니다. 추후 그의 보충 서술에 의하면, 자기 스스로 성장하기로 결심한 순간 오스카는 쿠르트가 던진 호두만 한 자갈에 머리를 맞고 마체라트의 무덤 속으로 추락한다.

오스카의 추정적 부친이며 폴란드 우체국을 사수하다가 사형당한 얀의 미망인 헤트비히 또한 패전의 고통을 당한다. 헤트비히는 남편이 죽은 후 지구 농민위원장 엘러스와 재혼했는데, 그도 독일의 패전과 함께 폴란드 농부들의 손에 목매달려 죽는다.

"헤트비히마저 목매달려 죽을 뻔했다. 폴란드 영웅의 아내였던 그녀가 지구 농민위원장과 재혼했을 뿐 아니라, 그녀의 아들 슈테판은 독일군 소위까지 했고, 딸 마르가 역시 나치 여성청년당원이었기 때문이다."

죽음과 오스카의 죄의식

전후 오스카의 서술에서 언급되는 죽음은 독일 역사에서의 죄의 문제와 연관된다. 오스카는 그로테스크하게 곡해된 자신의 서술에서 스스로 인정하는 죄와 추정상의 죄를 이야기한다. 법정의 판결에 따르면 오스카는 정신장애 살인범이다. 그는 도로테아 쾬게터 간호사의 살해범으로 정신병원에 입원해 있다. 오스카는 자신의 서술에서 도로테아 간호사의 강간미수 현장을 묘사한다. 하지만 오스카가 서른 살이 되는 소설의 마지막에 이르러 오스카의 변호사는 그에게 '우연한 행운'을 통고해준다. 진범은 도로테아의 동료 베아테 간호사라는 것이다. 오스카는 자신이 이제 방면될 것이라고 말한다. 하지만 그는 병원 밖 세상에 내던져질 전망에 겁이 난다.

오스카가 도로테아를 죽인 진범인지의 여부를 떠나, 오스카는 이미 수차에 걸쳐 세 명의 브모의 죽음에 대한 자신의 책임을 인정한다. 우선 어머니 아그네스의 죽음에 대해서는 상당한 시간이 경과한 후 로스비타에게 모든 사람이 "난쟁이가 북을 쳐서 어머니를 무덤으로 보냈다."라는 말을 했다고 전한다. 그러고 나서 곧바로 오스카는 로스비타를 감동시키기 위해 거짓말을 했다고 번복한다. 사실 아그네스의 죽음에 대해 사람들은 마체라트와 얀의 책임을 인정했기 때문이다. 그러나 몇 페이지 지나 오스카는 할머니의 푸념을 이야기한다.

"죽은 나의 아그네스, 그 애는 북소리를 견디지 못하고 죽은 거야."

오스카는 불쌍한 어머니의 죽음에 대해서도 책임을 인정한다. 또한 얀의 죽음에 대해서도 오스카는 분명하게 자신의 두 번째 죄의식의 부담을 이야기한다.

오스카의 미학

오스카의 무목적 예술

　7살 반이 되던 해 오스카는 이웃 아이들에게 집단 폭력의 희생물이 되는데, 이를 계기로 오스카의 자기 방어적인 유리를 깨뜨리는 목소리는 임대주택 뒷마당의 지역적 범위를 넘어 멀리까지 작용할 수 있다는 가능성을 확신하게 된다. 매주 목요일이면 어머니 아그네스는 오스카를 데리고 단치히 시내로 장을 보러 나가곤 한다. 열정적으로 북을 치는 오스카는 2주일마다 새로운 양철북을 필요로 했는데 이를 위해 단치히 구시가지에 위치한 유대인 지기스문트 마르쿠스의 상점을 찾는 것이다.

　콜렌마르크트에 위치해 있고 17세기부터 19세기 사이에는 시립 형무소로 쓰였으며 제2차 대전 중에는 여성 형무소로 사용되었던 슈톡투름에서 오스카는 반(反)비둘기 미학을 역설한다. 오스카가 반감을 갖는 비둘기의 미학이란 충동과 무기교의 예술, 낡아빠진 진부한 수사를 말한다.

"비둘기는 나에게 아무런 의미가 없다. 차라리 갈매기가 나에게 의미하는 바가 많다. 평화의 비둘기라는 표현은 나에게 역설적으로 들릴 뿐이다."

시립 극장의 건축양식 또한 오스카의 취향에 맞지 않는다. "둥근 돔을 얹은 데다 비이성적으로 확대된 의고전주의(擬古典主義)식 커피 분쇄기와 끔찍할 정도로 유사성을 갖춘" 이 건물은 오스카의 반감을 사기에 충분하다.

간통을 범하고 있는 어머니와 삼촌 얀 그리고 시립 극장 건물을 향해 지금까지만 해도 강요된 상황에서만 소리를 질렀던 오스카는 이제 이유도 강요도 없이 소리를 지르는 사람이 된다. 탑으로부터의 오스카의 비명은 일차적으로 비둘기 미학과 시립 극장 건축양식에 반한 오스카의 무목적 순수예술의 발현이다. 오스카의 거의 들리지 않는 비명 소리는 우선 커피 분쇄기 모양의 시립 극장의 창문 두 장을 깨뜨리는 데 성공한다. 시립 극장 로비의 창을 부수는 무목적 순수예술의 시도 이후 오스카는 무대예술 쪽으로 눈을 돌린다.

오스카가 본격적으로 무대예술에 참여하게 된 것은 1933년

여름 독일 역사의 의미심장한 순간과 일치된다. 오스카가 오페라 무대의 라이트를 그의 목소리로 깨뜨려버린 것은 단치히 북쪽 항구 마을에 위치한 해안 휴양지 초포트의 '숲 오페라' 야외극장에서 공연된 「방황하는 홀란드인」을 참관할 때이다. 곧이어 1934년 봄에 오스카는 어머니 아그네스와 함께 서커스를 관람한다. 여기서 오스카는 자신의 미래에 중대한 영향을 미치게 될 음악 광대 베브라를 만난다. 자칭 왕족 출신이라는 베브라는 10세 때 오스카와 마찬가지로 성장이 멈추어버린 사람이다. 그는 서커스단의 단장으로서 목소리로 유리를 파괴하는 오스카에게 스카우트 제안을 한다. 무목적적 예술의 신봉자인 오스카는 그의 제안을 거절하며 이유를 이렇게 설명하고 있다.

아세요? 베브라 씨, 저는 차라리 관객의 입장에 서고 싶어요. 저의 보잘것없는 예술을 숨기고 모든 갈채로부터 떨어진 곳에서 꽃피게 하렵니다. 하지만 선생님의 연기에 박수를 거부하는 마지막 사람이 될 것입니다.

나치가 독일 국회의 과반수를 차지하고 히틀러가 수상으로 임명된 지 일 년이 경과한 시점이다. 오스카에게 하는 베브라의 답변은 당시의 정세를 정확히 예측하고 있는 국외자로서의 예술가적 판단이다.

친애하는 오스카, 경험 있는 동료의 말을 들어요. 우리 같은 사람들은 관객 축에 끼면 안 돼요. 우리 같은 사람들은 무대 위로 경연장으로 나가 공연을 하고 쇼를 진행시켜야 해. 그렇지 않으면 그들은 우리를 좌지우지할 거야. 그것도 악의를 가지고.

베브라의 예언은 도래하는 군주적 인간의 기치를 내세우는 나치의 영웅주의 속에서 장애인 예술가가 자신의 설 땅을 확보할 수 있는 유일한 방책을 강구해준다.

그들이 온다! 그들은 행사장을 점령할 것이다! 그들은 횃불 행렬을 거행할 것이다! 그들은 연단을 세우고, 연단을 메우고, 연단 아래로 우리의 멸망을 설교할 것이다. 젊은 친구, 연단에서 어떤 일이 일어나는지 주의를 기울여요. 항상 연단 위에 앉도록, 결코 연단 앞에 서 있지 않도록 노력해요!

베브라의 예언은 정확하게 들어맞는다. 오스카와 같은 예술가의 자리는 "무대 위가 아니면 무대 아래"라는 그의 충고를 오스카는 충실히 받아들인다. 베브라와 만난 직후 이제 정치적 상황의 변화는 마르쿠스의 예언에 이어 오스카의 서술에서 중요한 부분을 차지한다.

"베브라가 나의 이마어 한 키스는 많은 것을 의미하게 되었다. 그 일이 일어난 뒤 여러 해 동안 정치적 사건은 그의 말이 틀림없다는 것을 입증해주었다. 연단 앞 횃불과 행진의 시대가 시작된 것이다."

오스카와 나치 미학

단치히의 나치 지구당은 일요일마다 마이비제 광장에서 대규모 모임을 연다. 오스카의 눈에 가장 먼저 뜨인 연단의 특징은 그것의 대칭형이다.

그리하여 체육관 옆 가이비제에 설치된 연단은 정확하게 대칭 모양으로 배열된 연단이었다. 위로부터 아래로 다음과 같이 정렬이 되어 있었다. 나치 십자가 여섯 개가 수놓인 기들이 나란히 위치해 있었다. 그러고는 깃발, 페넌트, 군기. 그리고 나서 턱 아래까지 끈을 내린 친위대(SS) 한 줄. 그 아래로 노래를 부르거나 연설을 할 때면 손을 버클에 위치시키는 돌격대(SA). 그러고 나서 유니폼을 입은 당원들이 여러 줄 위치해 있었다. 연단 뒤에도 마찬가지로 당원들, 보통 어머니들과 다를 바 없는 여성위원회 지도자들, 민간인 복장의 시 상원 대표들, 제국 내빈들과 경찰국장 혹은 그 대리가 위치해 있었다. 연단 아래는 히틀러유

겐트 혹은 정확하게 말하자면 청소년단 지역 취주악대와 히틀
러유겐트 행진 고적대가 대미를 장식하고 있었다. 여러 군중집
회에서는 좌우로 대칭을 이루어 정렬된 혼성 합창대가 구호를
외친다거나 아니면 당기를 펄럭이면서 "동쪽 바람이 더없이 좋
다"라는 가사의 노래를 불렀다.

위의 오스카의 연단 묘사는 객관적이지만 미학적 관점에
몰두한 피상성을 벗어나지 못하고 있다. 나치의 집회를 미학
적 측면에서 바라보는 예술가 오스카는 여성위원회 지도자
들 사이에서 북을 치며 함께 참가하려고 시도한다. 스스로
'동조자'의 비난을 예상하는 오스카는, 하지만 양철북의 악
기로서의 성격상 연단에 끼지는 못한다. 게다가 나치의 단치
히 지구당 교육위원장인 곱사등이 뢥삭은 오스카의 예술성
을 이해하지 못한다. 연단 위에 서 있으라는 스승 베브라의
충고에 따라 오스카는 연단 위의 뢥삭에게 접근하여, "베브
라는 우리의 총통입니다."라고 속삭인다. 오스카의 언행을
치기 어린 소산으로 간주한 뢥삭과 독일소녀단(BDM) 단원들
은 오스카를 미아로 취급한다.
이 사건을 계기로 오스카는 나치의 미학과 자신이 추구하
는 미학과의 거리를 인식하게 되고, 나치 미학은 오스카의 비
판의 대상이 된다.

연단 앞에 서서 연단을 바라보면 볼수록 뢥삭의 곱사등 덕분에 불충분하나마 어느 정도 누그러진 대칭형이 더욱더 의심스러워 보였다. 나의 비판 대상이 무엇보다 북 치는 자와 나팔 부는 자들을 향하고 있음은 당연했다 그리하여 1935년 8월 일요일 후덥지근한 군중집회가 열리는 연단 아래 고수와 나팔수들에게 도전하게 된 것이다.

그 일요일, 오스카는 연단 뒤의 모습을 목격함으로써 자신의 예술관에서 한 단계 성숙해지는 것을 경험한다. 연단이라는 예술의 정치화 현상과 외양의 예술에 반하여 무대 뒤를 바라보는 오스카의 입장은 정치의 미학화에 반하는 입장이다. 나치 미학의 유혹으로부터 저항력을 키우기 위해서는, 나치의 '마술'에 걸려들지 않기 위해서는 '아래로부터 그리고 뒤로부터의 시각'이 필요하다는 것이다. 이를 위해 연단 아래로 들어간 오스카는 "깃발에 의해 주위가 산만해진다거나 나치 유니폼에 의해 모욕당하는 일 없이 정치 집회의 청각적 매력을 차분하게 음미"할 수 있게 된다. 연단 아래 몸을 쪼그린 오스카는 연단 판자 틈새로 군집한 관중을 우선 후각적으로 감지한다. 곧이어 고조대의 연주 소리가 들려온다. 시각적 유혹을 떨쳐버린 오스카는 "비천하기 짝이 없는 용병식"으로 나팔을 불고 송아지 가죽으로 된 북을 두드리는 소음에서 도

래하는 위험을 인식하게 된다. "이제 나의 동포들이여, 주의
를 기울여라. 나의 동포들이여."

오스카는 북채 두 개를 가지고 양철북으로 기교가 풍부하
고 경쾌한 비엔나 왈츠 리듬을 연주한다. 오스카의 왈츠 리듬
은 연단 위의 고적대의 행진곡에 혼란을 야기하고, 점차 고수
들은 대중적으로 사랑받고 있는 4분의 3박자 왈츠 리듬을 덩
달아 연주하게 된다. 그뿐이 아니다. 오스카의 연주는 이번에
는 베브라가 서커스 공연에서 보여준 적이 있는 찰스턴으로
넘어간다.

하지만 연단 앞의 소년들은 찰스턴을 이해하지 못했다. 그들은
사실 다른 세대였다. 그들은 찰스턴과 '지미 더 타이거' 곡을 들
어본 적도 없었다. 오, 친구 베브라여, 그들은 지미도 타이거도
아니요 죽도 밥도 아니었으며, 팡파레로 부는 것은 소돔과 고모
라였다.

마이비제의 정치 집회는 이로써 대규모 댄스장이 되어버
린다. 립삭조차 연단 위에서 이 대중음악에 맞춰 홀로 춤을 춘
다. "법과 질서 의식이 피리 소리에 실려 사라졌다." 연단 아
래 북과 함께 쪼그리고 앉아 집회를 와해시키고, 연사들로 하
여금 말을 더듬게 하고, 행진곡과 송가를 왈츠와 폭스트롯으

로 변형시키는 작업을 오스카는 1938년 11월까지 계속한다.

오늘날 오스카는 자신의 이러한 행위가 결코 저항투사의 행위가 아니었음을 시인한다.

"이 단어는 이제 충분히 유행어가 되었다. 사람들은 저항 정신이니 저항 조직이라는 말을 한다. 저항을 내면화시킬 수 있다고 생각하는지 사람들은 그것을 내부 망명이라고 부른다."

내부 망명이란, 나치 치하를 피해 망명의 길을 떠난 수많은 지식인이나 예술가와는 달리 독일에 남아 현실과 타협하며 작가 생활을 했던 사람들의 경우를 일컫는 말이다. 예술가로서 오스카는 일종의 '국내 망명'이라 볼 수 있다. 국내 망명이라는 말이 생겨난 연유는, 그러니까 1933년 나치 집권 후 국내에 남아 있던 사람들은 모두 '동조자'라는 비판에 대항하여 나치 체제하에서도 정권과 일정한 거리를 두고 자신의 영역을 유지하는 것이 가능했다는 주장을 한 데서 비롯된 것이다.

오스카는 동시에 전후 서독에서의 '저항투사'라는 용어의 범람을 꼬집는다.

"전쟁 도중에 부주의하게도 침실 창문을 소등하지 않아 벌금을 낸 적이 있다고 이제 와서 자신들을 저항투사라고 스스로 칭하며 성경 구절이나 줄줄 꿰고 있는 정직한 사람들은 물론이고 말이다.”

오스카는 스스로 시류에 영합한 동조자도 아니고 그렇다고 저항투사도 아니라는 것이다. 오스카는 나치 집회장 연단 아래에서의 자신의 방해 공작은 “개인적이고, 무엇보다 미학적인 이유”에서 비롯되었다면서 이는 스승 베브라의 가르침에 따른 것이라고 말한다. 오스카가 반대하는 것은 나치의 미학뿐이 아니다.

“나는 갈색 집회에서만 북을 친 것은 아니었다. 붉은색, 검은색, 보이스카우트, 가톨릭 소년단, 여호와의 증인, 재향군인회, 채식주의자, 폴란드 나치단의 모임에서도 연단 아래에서 북을 쳤다.”

결국 오스카의 미적 항거는 모든 종류의 주의와 믿음을 거부한다. 여기에 오스카의 무정부적 입장이 나타나 있다.

예술가 베브라

1938년 초 14세의 오스카는 3년 만에 다시 베브라를 만난다. 베브라는 서커스단 ‘크로네’의 기적의 쇼에 출연 중이다. 그는 자신보다 키가 조금 더 작은 우아한 남국풍의 미녀인 “이탈리아의 유명한 몽유병 환자”이자 예언자라는 로스비타 라구나를 동반하고 있다. 베브라는 난쟁이라는 육체적 한계를 극복하고 ‘인간적으로 남아 있는 것’을 소명이자 의무라고 표현하고 있다. 그는 예술가로서의 오스카의 자질을 "천재"라고 칭한 첫 번째 인물이다. 베브라와 로스비타 라구나는 이러한 오스카의 천자성과 함께 악마적 일면도 간파한다.

오스카의 눈빛에서 천재성고 악마성을 발견하고 경악하는 로스비타를 베브라는 다음과 같이 오스카에게 설명하고 있다.

> 젊은 친구, 당신의 천재성이, 신적인 것이, 그리고 당신의 천재성의 그 어떤 악마즈인 것이 우리의 선한 로스비타를 혼란에 빠지게 한 것이오. 그대 특유의 돌발적으로 터져 나오는 무절제성이 완전히 이해가 가지 않는 것은 아니지만 나에게는 이질적이라는 사실을 역시 고백해야겠소.

스승으로서 베브라는 오스카에게 '자기 절제와 억제'를 충고한다. 그것이야말로 정치적 변동기에 예술가로서 오스카가 살아남을 수 있는 길이라며 베브라와 함께 '기적의 쇼'에 출연하자고 권유한다. 이때 이미 베브라의 예술은 정치적으로 적응 단계에 접어들고 있다.

"이별을 하며 베브라는 나의 귀에 속삭였다. '나는 실패하고 말았소. 친구여, 내가 어찌 그대의 스승이 될 수 있겠소. 아, 이 더러운 정치.'"

오스카는 당시 베브라가 자신의 정치적 참여에 관해 언급한 사실을 상당한 시간적 간격을 두고 소설의 중반부에 가서야 털어놓는다. 그 내용인즉, 베브라는 이미 당시 제국 정치선전국의 괴벨스나 괴링과도 친분을 누리는 사이로서 스스로 "탈선"이라 부르는 이 같은 자신의 행보를 중세 궁정에서 영향력을 행사하던 광대의 역할에 넌지시 비유해 설명한 것이다.

> 그는 어려운 시대라는 말을 했다. 약한 자들은 때로는 몸을 피해야 하는 것이라고. 사람들의 눈에 띄지 않는 항거라든가. 요컨대 당시 '국내 망명'이라는 말이 튀어나왔고 바로 그 이유로 오스카와 베브라의 길이 갈라진 것이다.

이 두 번째 만남에서도 오스카는 베브라의 길에 동참하지 않는다. 오스카는 베브라와 로스비타와의 만남이 자신 속의 악마를 추방시키지 못했다고 주장한다.

"나는 시뇨라에게서 또다시 부질없이 세례를 받은 느낌이었다. 악마야, 물러가라. 하지만 악마는 물러가지 않았다."

결국 험난한 시대를 살아가는 예술가 오스카에게 베브라와의 만남은 그로 하여금 예술가가 사회에서 취해야 할 입장을 선택하도록 강요한다. 라베스벡의 좁은 환경 속에서 소시민들의 생활양식에 몸을 맡기고 육체적 기형과 예술적 감수성을 가정이라는 테두리 속에 안주시켜왔던 오스카에게 넓은 세상을 경험하도록 주선한 사람은 오스카가 부족하나마 "세계인"이라고 칭하는 베브라이다.

1943년 5월 오스카는 페스탈로치 학교 앞에서 또다시 베브라와 로스비타 라구나를 만난다. 베브라는 대위 계급장에 선전중대 완장을 차고 있었다. 로스비타의 이국적 풍치와 여행의 유혹에 휩싸인 오스카는 자신의 인생에 중대한 결정을 내린다. 라디오에서 들려오는 임시뉴스 속 전쟁터로서의 도시 이름들을 듣는 것으로 만족해야 했던 오스카는 이제 그곳을 그 자신도 직접 방문할 수 있다는 제안을 받는다.

> 우리와 같이 갑시다, 젊은 친구. 북을 치고, 맥주잔과 전구를 부수어요! 아름다운 프랑스, 영원한 파리에 주둔한 독일 점령군들은 당신에게 감사하고 환호할 것입니다.

오스카에게는 이제 아주 특별한 전통적 의미의 교양 여행이 시작된 셈이다. 오스카는 자신의 여행을 의도적으로 괴테의 이탈리아 여행과 연관시켜 그것을 "도주"가 아닌 "출발"이라고 명명한다. 오스카의 여행에는 괴테와 라스푸틴을 뒤섞어 만든 종이 더미 또한 빠질 수 없다. 오스카는 베브라와 라구나 외에 펠릭스, 키티라는 이름의 난쟁이 곡예사 두 명과 함께 전선 극장을 찾는다.

훗날 연합군의 노르망디 상륙으로 후퇴해야 하는 상황에서 베브라는 오스카에게 양가적 의미의 말을 한다.

우리 같은 난쟁이나 광대들은 거인들을 위해 다져지고 딱딱해진 콘크리트 위에서 춤을 추지 않았어야 했어! 우리는 아무도 우리가 있으리라고는 추측하지 못했을 연단 아래에만 머물러 있었더라면.

폴란드 우체국

폴란드 우체국, 그 대전의 시작에서

1939년 초여름, 마체라트는 얀 대신 나치 지구당 회의에서 새로운 카드놀이 파트너를 구하게 되는데, 얀도 "자신의 소속을 상기하도록 강요당해" 폴란드 우체국 수위인 다리를 저는 상이군인 쿠비엘라와 트럼프 친구가 된다. 손재주가 좋은 쿠비엘라는 오스카의 고장 난 북을 고쳐준다.

9월의 어느 오후, 오스카는 퇴근하는 얀과 함께 쿠비엘라에게 양철북을 고쳐달라기 위해 단치히 시내 헤벨리우스 광장에 위치한 폴란드 우체국으로 향한다.

딸랑딸랑 종소리를 내는 전차를 타고 시내로 가는 날이 (19)39년

9월 첫째 날 전야가 아니었다면 그날은 방해받지 않은 전차 여행이 되었을 것이다. 5번 전차 막스 할베 광장부터는 브뢰젠 해안에서 시내로 돌아오는 피곤한 해수욕객들로 와자했다.

오스카에게 전쟁의 시작이란 오후에 얀 아저씨와의 폴란드 우체국 방문을 방해한 사건이다.

베스터플라테 맞은편 항구 입구에 슐레지엔호와 슐레스빅 홀슈타인호가 정박하여 붉은 벽돌담과 그 뒤에 위치한 무기고를 향해 그들의 강철 몸체며 이중 회전 포탑이며 포곽 총포를 과시하지만 않았더라도, 고장 난 북을 맡긴 뒤 바이츠케 카페에서 빨대를 넣은 레몬을 마시면서 늦은 여름 저녁을 즐겼을 텐데!

오직 북을 수리 받겠다는 일념으로 오스카는 주저하는 얀을 대동하고 친위대 향토방위군이 주둔해 있는 헤벨리우스 광장에서 폴란드 우체국 쪽으로의 진입을 시도한다.

청년들, 완장을 차고 경찰 총을 든 남자들도 있었다. 이 봉쇄선을 피해 우회로를 통해 렘 쪽에서 우체국에 다다르는 편이 용이했을 것이다. 그 의도는 분명했다. 얀 브론스키는 향토방위군들이 서 있는 쪽으로 나아갔다. 그는 분명 우체국 건물에서 헤벨리우스 광장을 관찰하고 있는 우체국 상관들이 보는 앞에서 저 지당하고 싶었던 것이다. 그리하여 퇴짜 맞은 영웅으로서 다소나마 영광스러운 인상을 준 다음 타고 왔던 똑같은 5번 전차를 타고 귀가하려 했던 것이다.

폴란드에 대한 오스카의 애착에도 불구하고 양철북으로 대표되는 오스카의 예술은 국가와 민족을 초월한다.

"몸이 찢기고 관통당한 우편배달부와 창구 직원들의 피는 열 겹 스무 겹의 종이를 뚫고 지금까지는 스스로 에나멜 색으로만 알고 있던 나의 북을 그 붉은색으로 물들이는 것이 아닌가? 내 북이 폴란드의 피와 무슨 상관이란 말인가!"

폭격이 시작되었는데도 오스카의 유일한 관심은 자신의 고장 난 북을 안전하게 보존하는 일이다. 폴란드 우체국에서의 전투 장면에서도 오스카는 자신의 예술과 예술적 성향에만 몰두하는 이기심을 보여준다.

얀과 우체국 수위 쿠비엘라가 3층에 위치한 우체국 관사인 서기 나찰리크의 아이들 방에서 진지를 쌓고 헤벨리우스 광장의 독일 향토군과 총격전을 벌이는 현장을 오스카는 목격한다. 그리고 공포에 사로잡혀 고개를 숙이고 쭈그리고 있는 얀의 차림새에 주목한다.

"석회와 모래로 뒤덮인 세련된 짙은 회색 양복을 보고서야 그를 알아볼 수 있었다. 마찬가지로 그의 회색의 오른쪽 구두끈이 풀려 있었다. 나는 몸을 구부려 구두끈을 나비 모양으로 매주었다."

오스카는 이 같은 지경에 처한 얀에게 바로 그 방의 선반 위에 있는 양철북을 꺼내줄 것을 요청하지만, 공포에 질린 얀은 그의 말을 이해하지 못한다. 섬세한 성격에 풍부한 상상력의 소유자인 얀은 전쟁의 혹독한 현실을 견뎌내지 못한 것이다.

오스카의 북으로 상징되는 예술관은 예술을 위한 예술, 다시 말해 세상과 현실을 등지고 예술에만 전념하는 은둔자의 자세이다. 독일군에 대항하여 반격을 가할 준비가 되어 있지 않은 폴란드 우체국 직원들 사이로 오스카는 "무방비 상태로 북도 없이 너무도 이른 아침 시간의 역사를 쓰는 도입부에 몸을 내맡겼다. 그날 아침 시간은 황금 대신에 총알의 납을 품고 있었다."

1939년 9월 1일 전쟁의 발발은 폴란드 우체국의 공격을 통해 공감각적으로 묘사된다.

"흐리다가 갠 9월의 날씨에 태양은 오래된 금빛을 칠하고 공기는 희박하고 민감하게 느껴졌으나 난청이었다."

그뿐만이 아니라 전쟁의 폭력은 은유적으로 묘사되기도 하는데, 독일군에 의한 폴란드 우체국 폭격은 독점자본을 바

탕으로 이룩한 독일 군국주의에 의한 돈키호테적인 폴란드
식 낭만주의를 향한 폭력으로 이해된다. 오스카는 폴란드에
미련이 없다고 거듭 말하고 있다.

> 나와 폴란드가 무슨 상관이란 말인가? 폴란드, 그게 무어란 말인
> 가? 그들에겐 기마병이 있지 않은가? 달리란 말이다. 그들은 숙
> 녀들의 손에 키스를 하면서 그것이 숙녀의 피곤에 지친 손이 아
> 니라 야전 유탄포의 화장기 없는 포구에다 키스했다는 것을 너
> 무나도 늦게 깨달았다. 그래서 쿠룹가의 처녀가 폭발해버렸다.

독일 군국주의 앞에 허약성을 노정하는 폴란드의 처지는
얀의 자해 행위 시도에서 여지없이 드러난다.

"오래 전부터 의식이 없던 얀은 그때 장갑차가 그것을 발
견하고 총이라도 쏴달라는 듯이 자신의 오른쪽 다리를 사격
구멍에 밀어 넣었다. 그것이 아니면 방향을 잃어버리게 될 총
탄이 제발 자신의 종아리나 발뒤꿈치를 스쳐 퇴각을 허락할
만큼의 부상을 입혀주기를 희망하면서 말이다."

이렇듯 폴란드 우체국의 파괴 장면에는 그 사건의 비극성
에도 불구하고 좌절에 빠진 인간의 희극적 묘사가 산재해 있
다. 특히 수위 코비엘라가 부상당하는 장면에는 기억에 남을
만한 대사가 포함되어 있다. 우체국 안의 아이들 방에서 독일

군의 총탄에 명중당한 코비엘라는 얀과 오스카에 의해 복도
로 옮겨진다. 이 부상자는 얀에게 질문한다.

"아직 전부 달려 있지? 얀은 노인의 두 다리 사이의 바지
를 잡고 그 부분을 꽉 잡더니 그를 향해 고개를 끄덕였다. 코
비엘라는 자존심을 지킬 수 있었다."

전쟁과 카드 집

『양철북』 제2권의 「카드 집」 장에서 부상당한 쿠비엘라를
부축하던 빅토 베룬의 예에서 보듯이, 폴란드인들은 독일의
폴란드 침입이 자동적으로 영국과 프랑스의 참전을 의미한
다고 믿었다. 주변의 어른들이 영국과 프랑스의 지원을 갈망
하고 있는 동안 오스카는 후일 밝혀지게 될 상황을 예견한다.

폴란드 우체국과 평지인 폴란드 전체가 공격당하고 있는 이 순
간 영국의 홈 프리트 함대는 북부 스코틀랜드의 한 좁은 만에
꽤 잘 보호된 채 대기 중이었고 프랑스의 막강한 육군은 아직
점심 식사 중이어서, 마지노 라인 부근의 몇몇 정찰작전을 벌인
것으로 폴란드와 프랑스 사이의 보장조약을 완수했다고 믿고
있었다.

군국주의 독일의 탱크에 대항하여 폴란드 군대는 1939년

9월 9일부터 29일 사이에 로츠, 쿠트노, 모들린 요새 전투에서 기마병을 등장시켜 돈키호테식으로 용맹을 과시했으나 좌절하고 만다. 오스카는 이 폴란드의 돈키호테를 "판키호테"라고 부른다.

창기병들, 그들은 또다시 몸이 근질거리는 것을 느꼈다. 짚 더미가 서 있는 곳, 그곳 풍경은 한 폭의 그림인데, 그곳에서 기마병들은 말을 돌리고 스페인에서 돈키호테라 불리는 자의 뒤에 모였다. 그런데 판키호테라는 이름의 순수 폴란드 혈통의 슬프고도 고귀한 이 기사는 말을 타고 자신의 기마병들에게 손등 키스를 가르쳐주었다. 그리하여 그들은 죽음을 숙녀인 양 우아하게 손등 키스를 했다. 분위기는 그들에게 마치 예비군의 역할을 하는 까닭에, 그들은 저녁노을을 뒤로 하고 독일군 탱크와 볼렌, 할바흐의 쿠룹 종마장 출신 수말들 앞에 집합하였으니, 이들보다 더 고귀한 말들은 없었다. 그러나 스페인 피와 폴란드 피가 반반씩 섞인 죽음에 뛰어든 기사, 뛰어난, 너무도 뛰어난 판키호테. 그는 붉고 흰색의 깃발이 달린 창을 드리우며 그대들을 키스하도록 권했다. 그리고 붉고 흰색의 저녁노을 속 황새가 지붕 위에서 꽥꽥 울고 버찌가 씨를 뱉을 때 그는 기사들을 향해 소리쳤다.

"그대 고귀한 폴란드 기마병들이여, 저것은 강철로 만든 탱크가

아니라 풍차이고 양에 지나지 않는다네. 나는 저 숙녀들의 손등
에 키스하도록 그대들에게 권한다네."

폴란드 우체국이 포위되고 폭격당하는 상황에서도 지하 우
편물 창고 안의 부상당한 사람들 옆에서 오스카와 쿠비엘라와
카드놀이를 하던 얀은 쿠비엘라의 죽음으로 카드놀이 상대가
사라져 버리자 이성을 잃고 카드로 집을 쌓기 시작한다.
"말이 없는 사람들과 편지들만 있는 방 안에 바람 한 점 없
는 일요일의 고요함이 내려앉자 그는 조심스럽게 균형 잡힌
움직임으로 숨을 멈추고는 건드리면 무너질 것 같은 집을 세
우기 시작했다."
얀은 자신의 우아한 손으로 한 층 한 층 집을 쌓는다.

그가 붉은 하트 킹에 퀸 하트를 기대어 세웠지만 카드로 만든
건물은 무너지지 않았다. 아니, 그것은 건드리면 무너질 듯 가
볍게 숨을 쉬면서 숨을 멈춘 죽은 자들과 숨을 멈추고 있는 살
아 있는 자들 사이에 서 있으면서 우리에게 두 손을 포개도록
허락했다. 또 카드로 만든 집의 온갖 구조에 정통한 회의적인
오스카로 하여금 우편물 저장실 문틈으로 조금씩 그리고 꾸불
꾸불 들어오는 눈을 따갑게 하는 연기와 악취를 잊게 해주었다.
카드로 만든 집은 그것이 위치한 작은 방이 문을 사이에 두고

지옥과 접해 있다는 것을 잊게 해주었다.

얀의 카드로 만든 집은 오스카의 예술적 이상향과 일치하고 있다. 이 연약한 바람 없는 방의 카드 집은 우체국 안으로 진입한 독일군에 의해 무너진다.

"그들은 문을 열어젖히며 소리 질렀다. '나와!' 바람을 일으키며 카드 집을 무너뜨렸다. 그들은 이 같은 건축물에 대해서는 이해심이 없다. 그들은 콘크리트를 신뢰한다. 그들은 영원한 건축물을 선호한다."

오스카의 미학과 나치의 미학은 서로 상반된 관계에 서 있다. 콘크리트 건물과 종이로 만든 집은 각각 그 용도와 본질에서 차이가 있다. 영원불변의 존립을 목적으로 하는 콘크리트가 자체적 완결성의 규율 미학이라면, 카드 집의 미학은 바람 앞에서는 나약하기 이를 데 없지만 숨을 쉬는 살아 있는 미학이다. 오스카는 "카드 집이야말로 인간다운 유일한 거주지라는 믿음"을 언명한다.

폴란드 우체국 전투에서 체포된 얀을 포함한 31명의 폴란드인들은 이후 모두 사살되고, 링슈트라세의 얀 브론스키가 살던 집은 독일 고위 공군 장교에게 징발된다. 오스카는 얀의 죽음에 대한 자신의 '죄'를 인정하면서 자신의 처지를 전후 독일에서 일상화되어버린 소위 '과거 만회' 방식과 일치시킨다.

다른 사람들과 마찬가지로 성가시기만 한, 방에서 쫓아낼 수 없는 죄의식이 나의 병원 침대 베게 속으로 나를 억누를 때, 당시에도 유행이었고 오늘날까지도 많은 사람의 얼굴에 잘 어울리는 멋진 모자와 같은 무지함을 가장하는 방법이 나에게 도움이 되었다.

이렇게 볼 때 오스카는 스스로 인류와 동포에게 죄를 짓고 이를 부인하는 전후 독일인의 대표 격으로 이해될 수 있다.

대상물의 생명력

　이 소설의 제목이기도 한 '북'은 단순히 피동적 사물로 머무는 것이 아니라 오스카의 질문에 답을 하고 살아서 목소리를 내는 생명체의 특징을 가지고 있다. 오스카에게 서술적 기능을 발휘하는 사물은 양철북만이 아니다. 총 3권으로 이루어진 『양철북』의 장 이름들은 대부분 과거를 회상하는 데 결정적인 역할을 하는 사물의 명칭을 취하고 있다. 「넓은 치마」 「뗏목 아래서」 「나방과 백열전구」 「사진첩」 등 오스카의 서술 기법은 과거로부터 일정 사물의 기억을 바탕으로 북을 치는 청각적 행위를 동반하여 흰색 종이 위에 잃어버린 고향을 부활시키는 예술 행위이다.

　소설 『양철북』에서 유난히도 많은 무생물이 생명력을 가지는 것은 다음과 같은 오스카의 말에서 잘 드러나고 있다.

> 나는, 오늘날 모든 것이 바라보고 있었고 하나도 빠뜨림이 없이
> 관찰되었으며, 벽지조차도 인간들보다 더 뛰어난 기억력을 갖
> 고 있음을 알고 있다. 모든 것을 지켜보고 있는 것은 친애하는
> 신이 아니다! 부엌 의자, 옷걸이, 반쯤 차 있는 재떨이, 혹은 니
> 오베라고 불리는 여자의 목각상 등은 모든 행위에 대해 잊을 수
> 없는 목격자가 되기에 충분했다.

무생물적 대상은 소설에서 이야기를 전개시키는 원동력
이 되기도 한다. 오스카와 마리아 사이에 남다른 관계를 설정
하는 데 기여한 비등산(沸騰散)은 그 자체가 사태를 진전시키
는 동인(動因)이다. 이 비등산 놀이를 두 사람 중 누가 먼저
시작했냐는 질문에 마리아는 "비등산이 시작했다."고 대답
한다. 물론 오스카는 무생물에 의해 자신의 행동이 지배당했
음을 시인하지 않고 있다.

> (19)40년 늦은 여름 선갈퀴와 딸기를 소생시키고 감정을 일깨우
> 고 내 육체로 하여금 무언가를 찾아 나서게 만들고, 나로 하여
> 금 살구버섯, 그물우산버섯, 그리고 내가 알지는 못하지만 마찬
> 가지로 먹을 수 있는 다른 버섯들의 채집가로 만들고, 나를 아

버지로 만든, 그렇다, 아버지, 아주 젊은 아버지로 만든, 수집하고 아이를 만드는 아버지가 되게 한 것은 침이었다. 침이 아버지를. 감정을 불러일으키며.

야자섬유 양탄자는 오스카의 또 다른 집착물로서 이것은 도로테아 간호사와 관련하여 오스카의 성적 모험에 계기를 제공한다. 자이들러 아파트 복도에 깔고 남은 75센티미터 길이의 야자섬유 양탄자를 오스카는 자신의 침대 매트리스로 사용하다가 그것이 주는 촉감에 감정이 상기된다. 한밤중 문 여닫는 소리에 야자섬유 매트리스로 벗은 몸을 가린 채 불이 꺼진 화장실에 들어간 오스카는 그곳에서 처음으로 도로테아 간호사와 마주친다. 도로테아는 오스카를 악마로 여기고 기절한다. 오스카는 도로테아를 복도의 야자섬유 양탄자 위에 눕힌 다음 야자섬유 매트리스를 덮고 스스로 악마 역할을 하며 자신을 움직이게 한 감흥이 도로테아에게도 전해지기를 기대하지만 그의 기대는 실현되지 않는다.

"나는 닻을 내리는 데 성공하지 못했다."

비등산, 마리아, 미망인 그렙, 로스비타에게서 이룩했던 오스카의 업적은 도로테아에게서는 이루어지지 못한 것이다.

그라스의 언어는 외적으로 관찰 가능한 인물들의 행위에 집중하고 있다. 반면에 인물의 심리 묘사는 극히 제한적이다.

그 대신 감정과 사고는 외부 대상물에 전이된다. 세부에의 집착은 모든 창조된 것의 다양함을 소설 속에 포착하려는 그라스 언어의 또 다른 특징이다. "언어가 설사처럼 흘러나왔다."는 그의 말대로 『양철북』의 여러 일화 속의 사건과 행위들은 그 다양함에도 불구하고 세밀한 묘사를 공유하고 있다. 니오베의 역사, 그렙이 그 위에서 자살하는 북 치는 기계, 야자섬유 매트리스 등등, 이 모든 사건에는 공통적으로 디테일에 대한 집착이 두드러진다.

색채 상징

700쪽이 넘는 『양철북』을 읽는 독자는 20세기 독일 역사를 연대기 순으로 기술한 것 외에도 독서를 돕는 또 다른 장치를 발견하게 된다. 작품을 통틀어 나타나는 색채 상징과 사물 상징은 서로 지시 구조를 이루어 사건과 인물이 갖는 성격과 특징을 각인시켜 독서에 집중하도록 도와준다. 『양철북』에서 색채의 사용은 과도할 정도이다. 그중 흰색과 붉은색, 검은색이 주종을 이룬다. 결백을 향한 오스카의 동경, 죄과와 죄의식으로서의 색채의 의미는 내재적이기보다는 이야기의 전개와 더불어 그 의미는 증가된다.

소설의 시작 부분에 오스카는 간호사인 브루노에게 말한다. "오, 브루노, 나에게 500장의 죄 없는 종이를 사다주겠소?"

그러자 브루노는 천장의 흰색을 손가락으로 가리키며 묻는다.

"하얀색 종이를 말하는 거죠?"

'죄 없는' 이라는 말을 고집한 오스카는 종이를 사 온 브루노에게 문구점 여직원의 이야기를 전해 듣는다. 오스카의 말대로 '죄 없는' 이란 말을 사용하자 문구점 여직원은 얼굴을 붉히면서 종이를 건네주더라는 것이다. 이와 같이 죄와 무죄는 소설 첫 페이지부터 일상사에서 진부한 색채 상징으로 언급된다. 이어 검은색의 의미 역시 이 장면에서 결정된다. 오스카는 흰색 종이를 검은 잉크로 더럽힘으로써 스스로의 과오와 죄의 고백을 그 위에 쏟아놓는다.

『양철북』 발간 당시의 초판본 겉표지로 사용된 북 치는 소년의 모습은 색채 상징을 잘 보여주고 있다. 북채를 들고 있는 그로테스크한 한 소년이 이제 막 북을 치려고 한다. 북의 배경으로는 그의 몸이 대신하고 있다. 소년이 쓰고 있는 모자는 파티나 카니발에서 쓰는 모자이다. 북 치는 소년은 검은색과 흰색으로 그려

그라스가 그린 소설 『양철북』(1959) 초판본 표지.

져 있는데 그의 눈빛은 밝은 청색이다. 나치 시대의 이상적 독일인의 눈빛인 푸른색은 독일 낭만주의에서는 동경의 색으로서 이는 정신적 도취를 암시한다. 검은색은 슬픔과 악의 색이다. 오스카의 북을 장식하는 흰색과 붉은색은 죄와 결백을 의미하는 동시에 폴란드 민족의 상징으로서 오스카의 출신을 암시한다. 오스카의 할아버지 요셉 콜야이첵이 제재소 노동자와 싸우게 된 연유도 울타리를 희고 붉게 칠한 것 때문이다. 폭행을 당한 콜야이첵은 그 보복으로 흰색의 제재소를 붉게 방화해버린다.

흰색과 붉은색은 오스카의 또 다른 집착의 대상인 간호사의 적십자 유니폼과 연관된다. 오스카는 성장을 멈춘 3세 이후 규칙적으로 수요일마다 방문하는 블룬스회퍼벡에 위치한 홀라츠 박사의 진료실을 찾는데, 그곳에서 오스카가 관심을 갖는 유일한 대상은 잉에 간호사이다.

"간호사복의 청결하게 풀을 먹인 백색, 그녀가 두건으로 쓰고 있는 무게 없는 형상물, 단순하고도 붉은색 십자가로 치장된 그녀의 장식 핀에 나의 시야와 종종 쫓기는 듯한 북 치는 소년의 가슴이 머물러 있었다."

잉에 간호사에게는 어머니 아그네스에게서 느낄 수 있던 '육체의 존재'가 느껴지지 않는다. 비누 냄새와 신경을 피곤하게 만드는 약품 냄새가 날 뿐이다. 이런 잉에 간호사의 흰

제복에 붉은색 핀이 빛난다. 흰색 졸음이 오스카에게 몰려온다. 하지만 붉은 핀의 크기가 점점 커져 붉은색은 위협적인 유령으로 변한다.

"내가 그럼에도 불구하고 붉다고 말하면 붉은빛은 나를 무시해버리고 그것의 외투를 뒤집는다. 그러면 검은 마녀가 와서 나를 노랗게 질리게 하고 나를 푸른색이 날 정도로 기만한다."

아그네스의 죽음 후 검은 마녀는 이제 더 이상 단순히 하찮은 아이들의 노래가 아니라 붉은 외투의 검은색 안감으로 위협적이고 악마적으로 변한다. 유아적 치기의 상징으로서의 붉은색은 죄책감의 검은색의 위압에 눌려 사라진다. 30세를 맞은 오스카는 자신의 피난처인 병원 침대로부터의 '추방'을 앞두고 검은 마녀의 전능함에 위압당한다.

오스카는 소설의 마지막에 이르러 마치 광상곡과 같이 이제까지의 모든 사건을 회상하는데, 이때 검은 마녀는 오스카에 의해 죽음과 파괴가 난무한 독일사의 숨은 신화적 가해자로 등장한다. 하지만 그 결과 북을 치고 글을 쓰는 오스카에게 찾아온 것은 침묵뿐이다. 오스카의 서술 행위는 점차 공포에 사로잡힌 경직 상태로 바뀌게 된다. 검은 마녀의 공포는 오스카의 자기 방어를 무너뜨리고 그를 포위해 들어온다.

전쟁의 패배와 오스카의 악몽

아버지 마체라트의 사망 후 북을 포기하고 성장을 시작한 오스카는 심한 열병과 통증을 앓는다. 오스카는 꿈속에서 아이들 4천 명과 함께 회전목마를 타고 있다. 오스카와 아이들은 웃고 있는 신이 조작하는 회전목마에서 내리고 싶지만 신은 자신의 유희를 위해 계속적으로 동전을 넣는다. 오스카에게 역사란 끊임없이 돌아가는 의미 없는 회전목마이다.

마찬가지로 끝없는 순환의 역사관은 「성금요일 식사」에 등장하는 뱀장어 미끼로 사용된, 갈매기 떼로 뒤덮인 말 머리에서도 발견된다. 피할 수 없는 무의미한 순환의 역사는 스카게락 전투 이후 더욱 살이 오른 뱀장어 이야기를 통해 부각된다. 마체라트의 죽음의 순간에 터져버린 설탕 포대 쪽으로 줄

지어 기어가는 개미들의 행진에서 우리는 똑같은 순환성과 무의미를 발견한다. 폴란드 우체국의 폭격이 이루어지는 상황에 쌓아 올린 얀 브론스키의 카드 집은 인간 노력의 무상함의 메타포이다. 카드 집과 마찬가지로 인간의 모든 행위는 그 시초에서부터 이미 자신의 파괴와 붕괴를 약속하고 있다. 마지막으로 동네 아이들의 노래 속 검은 마녀는 오스카에게 자신이 이 세상에서 두려워하는 것들의 총칭이다.

오스카는, 1945년 패전 당시 동프로이센에서 피난 온 4천 명에 달하는 어린이가 케제마르크의 도선장에서 바다를 건너지 못하고 죽은 악몽에 시달린다. 곤경으로부터 어린아이들을 구하지 못한 신의 무정함은, 회전목마에서 내리려 하는 아이들에게 그것을 허용하지 않는 신의 모습으로 열에 시달려 의식을 잃은 오스카의 환영 속으로 나타난다.

그러니까 하늘에 계신 아버지는 회전목마 주인 옆에 서서 우리가 또 한 번 타도록 돈을 지불했다. 그래서 우리는 기도했다.

'오, 하늘에 계신 하느님, 당신께서는 잔돈을 많이 갖고 계시고, 우리를 또 한 번 태워주실 것이며, 이 세상이 둥글다는 것을 우리에게 즐겨 보여주시고자 함을 잘 알고 있습니다. 지갑을 집어 넣으소서! 정지, 그만, 끝, 종료, 됐다, 하차, 가게를 닫는다, 하십시오. 우리 가여운 어린이들은 현기증을 느낍니다. 사람들은 우리 4천 명 어린이를 바익셀 강의 케제마르크로 운송해왔습니다만 당신의 목마 때문에, 목마 때문에 우리는 건너갈 수 없습니다.'

하지만 병을 앓는 오스카의 환영 속의 신은 무정하다. 회전목마는 멈출 줄 모른다. 그뿐 아니라 신의 얼굴은 한편으로는 라스푸틴의 얼굴을, 다른 한편으로는 시성 괴테의 얼굴을 하고 있다. '광기'와 '이성'의 양극이 연출해낸 냉온욕은 유대인 파인골트의 개입으로 정지 된다.

파인골트 씨는 몸을 굽혀 회전목마를 정지시켰다. 소방차, 백조, 사슴을 그는 정지시켰고 라스푸틴의 동전을 무효로 만들고, 괴테를 어머니들에게 돌려보내고 현기증에 시달리는 어린이 4천 명을 케제마르크로 날아가게 하여 바익셀 강을 넘어 하늘나라로 보냈다.

유대인 파인골트가 오스카의 꿈속에 구세주로 등장하게 된 것은 다름 아닌 그가 뿌린 소독제 때문이다. 그는 "오스카를 열병의 침상에서 일어서게 한 다음 리졸 구름 위에 세우는 것이었다. 이 말은 그가 나를 소독했음을 의미한다." 파인골트는 오스카 가족에게서 발견된 이를 박멸하기 위해 여러 종

류의 소독제를 구해와 "자기 자신과 그의 가족 모두, 쿠르트,
마리아, 그리고 나와 나의 병석을 매일 매일 소독하기 시작했
다. 그는 우리에게 그것을 문지르고, 뿌리고, 분칠을 했다."
유대인은 독일인의 죄과를 소독하는 셈이다. 파인골트는 트
렙링카 수용소에서 소독약 뿌리는 업무를 맡고 있었다.

"매주 수요일 2시가 되면 수용소 안 도로, 막사, 샤워장,
소각장, 옷 꾸러미, 샤워를 기다리고 있는 자들, 누워 있는 자
들, 샤워를 마친 자들, 소각장에서 타고 남은 것들, 소각장에
들어갈 것들에다 소독약 담당인 마우리스 파인골트는 리졸
액을 끼얹었다."

1945년 4월, 그리고 5월이 되면서 오스카의 열은 등락을
거듭한다.

"회전목마는 돌아가고 파인골트 씨는 죽은 자들과 산 자
들에게 리졸액을 뿌렸다."

그 결과 얼마 전 성장을 다시 시작했던 오스카의 몸은 기
형으로 변한다.

"5월 초순, 내 목이 짧아지고 흉곽은 확대되고 위로 밀려
올라가, 나는 머리를 숙이지 않아도 턱으로 쇄골을 비빌 수
있게 되었다."

양파 주점

마체라트의 죽음으로 북을 포기했던 오스카는 플루트 주자인 클렙, 기타 주자 숄레와 함께 3인조 재즈밴드인 '라인 리버 밴드'를 결성한다. 그리고 이들은 전후 복구시대 경제 부흥의 상징인 뒤셀도르프 구시가지에 위치한 페르디난드 슈무가 주인으로 있는 고급 술집 '양파 주점'에서 매일 밤 시간당 14마르크 50페니히를 받고 연주한다.

양파 주점은 칼리 채굴장 갱도의 독특한 분위기를 연출하는 지하 술집이다. 양파 주점이란 이름은 주인 슈무[25]가 영업시간 동안 몸에 걸치고 있는 숄에 새겨진 황금빛 양파 무늬와 술집 손님들에게 제공하는 양파에서 유래한 것이다. 술집 손님들은 중산 계층으로, 그들은 전후 서독 특유의 억압된 비애

작업의 희생자들이다. 슈무는 그들에게 매일 밤 양파를 나누
어주고 직접 썰게 한다. 그 이유는 무엇일까? 사람들에겐 눈
물이, 진정으로 흘리는 눈물이 없기 때문이다.

> 많은 사람은 눈물을 흘리지 못했다. 그런 이유로 그렇게 많은
> 슬픔이 산재해 있음에도 우리 세기는 후일 눈물 없는 세기로 불
> 릴 것이다. 바로 이러한 눈물 없는 이유 때문에 여유 있는 사람
> 들은 슈무의 양파 주점을 찾아 80페니히를 주고 주인에게 도마
> 와 식칼을, 12마르크를 주고 평범한 밭에서 난 부엌에서 쓰는
> 양파를 받아 그것을 작게 또 작게 썰어 그렇게 생긴 즙이 효과
> 를 발휘할 때까지 썰었다. 무슨 효과? 그것은 이 세상과 세상의
> 고통이 달성해내지 못한 것을 달성하는 것이다. 인간의 동글한
> 눈물, 눈물을, 드디어 눈물을 흘리는 것이다.

하지만 오스카는 양파 없이도 고통과 탄식을 눈물로써 표
현할 수 있다. 왜냐하면 오스카에게는 양철북이라는 매체가
있기 때문이다.

"몇몇 특정 리듬만 연주해도 오스카는 양파 주점에서 흘
리는 비싼 눈물에 못지않은 눈물을 흘릴 수 있었다."

오스카는 또한 이 양파 주점에서 자신만의 북 연주가 전후
독일인들에게 끼칠 수 있는 새로운 영향력을 확인하게 된다.

그리하여 진정한 방종의 파티를 즐길 줄 모르는 전후 사회를 조종하기 시작한다. 오스카는 특유의 양철북 연주를 통해 신사 숙녀들로 하여금 어린아이들처럼 둥글한 눈물방울을 흘리고 공포에 시달리고 또 몸을 떨면서 오스카의 연민을 요청하게 만든다. 오스카의 북 소리는 손님들과 슈무 그리고 다른 연주자들도 오줌을 싸고 춤을 추고 환호하는 어린아이들로 바꾸어놓는다. 오스카의 북소리로 인해 모든 심리적 억압으로부터 해방된 신사 숙녀들은 이윽고 1950년 봄날 저녁 뒤셀도르프 구시가까지 진출하여 경찰의 진압을 받고서야 비로소 귀가한다. 전후 서독인들 사이에 만연한 과거의 죄책을 의식 속에서 의도적으로 배척하고 오로지 경제적 회복에만 총력을 기울인 결과 눈물 없는 시대가 도래했으며, 그 결과 병적 심리 상태가 온 것이다. 오스카의 유아적이며 과거를 회상하는 북소리는 치료적 효능을 발휘한 셈이다. 북은 인간에게 이성이 아닌 감성으로 호소하기 때문이다.

그 후 오스카는 콘서트 기획사인 '베스트'의 되시 박사를 만나 "전쟁 전과 전쟁 동안 얻은 세 살 크기의 북 치는 소년 오스카의 경험을 전후의 땡그랑 소리 나는 순금으로 전환시킬 것"을 결심하게 된다. 기획사 베스트의 사장은 다름 아닌 몸이 마비되어 눈과 손가락 끝으로만 살고 있는 친구이자 스승인 베브라이다. 베브라는 로스비타의 죽음에 대한 오스카의 책임을 언급한다.

"내가 아는 바로는 그것이 오스카가 범한 유일한 살인은 아니지. 오스카가 자신의 불쌍한 어머니도 북을 쳐서 죽게 하지 않았는가?"

그뿐 아니라 베브라는 오스카가 형리에게 생명을 넘겨준 얀 브론스키에 대해서도 잘 알고 있고, 부친 마체라트에 관해서도 묻는다. 오스카는 마체라트에 대한 자신의 살인을 인정한다.

"베브라 선생님, 그것도 저였습니다. 그의 죽음을 야기한 것도 접니다. 그의 죽음에 저는 결백하다고 할 수 없습니다. 가엾게 여기소서!"

오스카는 계약에 서명함으로써 베브라의 동정심을 얻어낸다. 그리고 베브라는 사라진다. 그 계약에 따라 오스카는 '고수 오스카'로서 세 살짜리 북 치는 소년의 모습으로 돌아가 연주회에 참가하여 공연을 한다. 오스카의 공연은 기획사에 의해 "요술사, 기도사, 구세주의 출현"으로 선전된다. 관객들은 거의 전쟁을 직접 체험한 45세 이상의 중년과 노년층이다. 오스카는 전쟁 전의 일상사를 북소리로 재현한다. 오스카의 양철북은 '금광'임이 드러난다. 언론은 오스카를 숭배시하며 그와 그가 치는 북의 치료 효과를 인정한다. 기억 상실을 물리칠 수 있다는 것이다. 그리고 '오스카주의'라는 말이 처음으로 나타나더니 곧 유행어가 되어버린다.

오스카와 재판

1951년 7월 말의 어느 더운 날, 오스카는 산보용 개 임대점에서 룩스라는 로트바일러 개를 빌려 게레스하임으로 산책을 간다. 그곳 호밀밭에서 룩스는 여자의 무명지 손가락을 발견하여 오스카에게 가져온다. 손가락에는 에메랄드 반지가 끼여 있다. 오스카는 이 손가락을 명주 손수건으로 싼 후 집으로 향하던 중 이 광경을 모두 사과나무 위에서 관찰하고 있던 직업이 장식가인 고트프리트 폰 비틀라를 만난다. 비틀라는 오스카를 경찰에 신고한다. 마치 천사와 같은 체형을 갖춘 비틀라는 서술 현재로부터 2년 전 오스카에 대한 재판을 개시시킨다. 곧이어 비틀라의 진술서가 첨부되는데 여기에는 오스카의 진술과 다른 부분이 눈에 띈다. 비틀라의 증언에 따르면, 그와 오스카가 처음 만난 날은 1951년 7월 말이 아니라 7월 7일이라는 것이다. 무명지를 경찰에 신고하라고 충고하는 비틀라에게 오스카는 북채와 상처 자국, 탄피를 언급하며 자신의 소유를 주장한다.

오스카는 무명지를 이전에 도로테아 간호사가 살던 방의 화장대 대리석 위에 알코올이 담긴 유리병에 넣어 보관하고 있다. 오스카는 이 무명지를 숭배할 뿐 아니라 비틀라로 하여금 자신의 기도 내용을 기록하도록 부탁하는데, 비틀라는 그 내용을 모두 재판부에 제출한다. 기도의 내용에 따르면, 무명지의 주인과 살해당한 도로테아 쾬게터 간호사에 대한 언급이 일치한다는 것이다.

전후 오스카가 연류된 도로테아 간호사의 살해는 20세기 독일을 살아온 소시민이자 예술가가 지은 죄의 연장이다. 파리의 메트로에서 자신을 "의심스러운 존재"라고 고백하고 있는 오스카의 죄는 매우 복합적이다. 오스카는 어디로 도주할 것인가? 그는 오늘날까지도 피난처를 제공해주면서 카슈브 감자 밭에서 치마폭을 부풀리고 있는 안나 콜야이첵 할머니에게는 철의 장벽으로 인해 갈 수 없는 처지다. 28세의 오스카는 무엇을 피해 도주하는 것일까? 여기에서 오스카는 궁극적이고 실존적인 공포를 또다시 불러내고 스스로 공포심을 불어넣는다. "검은 마녀가 있느냐? 그래, 그래, 그래." 오스카는 당시만 해도 검은 마녀에 대한 공포가 없었으나 도주를 계기로 그 공포는 "다양한 모습을 띠고 나타난다."

서른 번째 생일날 오스카는 자신이 항상 염려해왔던 상황이 전개되는 것을 알게 된다. 즉, 베아테 간호사가 도로테아 간호사 사건의 진짜 범인으로 밝혀지고 재판이 재개되고 자신은 치료 요양원에서 토 원하는 것이다. "오스카로부터 달콤한 침대를 빼앗고 그를 온갖 기흐에 노출된 거리로 내쫓아 서른 살의 오스카로 하여금 자신과 양철북 주위에 제자들을 불러 모으도록 강요한다."는 것이다. 오스카와 마찬가지로 베아테 간호사도 자백하지 않았으나, 법정은 증거물인 무명지 손가락에도 불구하고 오스카를 정상이 아니라고 판단하고는 관찰을 위해 치료 요양원에 입원시킨다. 오스카는 소설의 마지막에 가서 또다시 자신의 인생을 간략하게 요약하고 있다.

> 무엇을 더 이야기할 수 있겠는가? 전등 아래서 태어나, 세 살 나이에 성장을 의도적으로 멈추고, 북을 선물로 받고, 노래를 불러 유리를 깨고, 바닐라 향을 맡고, 교회에서 기침을 하고, 루치에게 먹이를 주고, 개미를 관찰하고, 성장을 결심하고, 북을 파묻고, 서쪽으로 넘어와, 동족을 잃고, 석공 일을 배우고, 모델을 서고, 다시 북으로 돌아가, 콘크리트 요새를 시찰하고, 돈을 벌고, 손가락을 보관하고, 손가락을 선사하고, 웃으면서 도주하

여, 에스컬레이터를 타고 올라가, 체포당하고, 유죄 판결을 받고, 그러고 나서 무죄 석방이 되어 오늘 나의 서른 번째 생일을 축하하며 아직도 검은 마녀를 두려워하고 있다. 아멘.

이제 퇴원을 앞두고 있는 오스카는 여전히 검은 마녀의 공포 속에 살고 있다. "검은 마녀가 있니?"라는 어린 시절 오스카를 괴롭히던 동네 아이들의 동요는 전쟁과 전후를 살아온 오스카가 겪은 모든 사건과 대상 속에 공포의 대상으로 남아 있다. 그것은 이름이 없다. "오스카에게 그것이 누구인지 묻지 마라!" 오스카는 말이 없다. 왜냐하면 검은 마녀는 이제 오스카를 앞에서 기다리고 있기 때문이다.

내 등 뒤에 항상 있는 마녀는 검은색.
이제 그것은 내 앞으로 다가온다, 검은색으로
말과 외투를 뒤집는다, 검은색으로
검은 화폐로 지불한다, 검은색으로
아이들이 노래를 부르면 그들은 더 이상 노래하지 않는다
검은 마녀가 있느냐? 그래, 그래, 그래.

파리의 메트로역 메종 블랑쉬에서 오스카는 인터폴에게 체포되며, 그는 스스로를 "예수"라고 주장한다.

마치는 말

전후 서독에서 횡행하던 나치를 악마시하는 세태에 반발하며 그라스는 외양상 비정치적인 것처럼 보이는 독일의 보통 사람들이 사실 나치의 지배와 사고방식의 매개체이자 지지 기반이었음을 보여주고 싶었다. 이는 그라스가 『양철북』을 쓰게 된 동기 중의 하나이다. 선량한 독일인들을 유혹하여 아우슈비츠의 나락으로 떨어뜨린 나치를 운명론적으로 받아들일 경우 나치는 악마의 탈을 쓴 외계인으로 그려질 수밖에 없다. 오스카는 바로 이와 같은 서독 건국 신화의 허구성을 밝히고자 한다. 이를 위해 오스카는 주변 인물들이 일상 속에서 보여주는 열정과 유혹을 조롱거리로 희화화한다. 오로지 현재와 미래만을 바라보던 전후의 '새로운' 독일이 자신의 과거를 탈(脫)나치화, 폐허문학, '0시간'과 같은 새로운 신화 속에 묻어버리고 새 출발을 기원하는 상황에, 신출내기 한 작가가 외양상 환희와 풍미를 가지고 이야기의 성찬을 벌이고 있는 것이 아닌가? 그것도 기형적 몸에 모든 것을 꿰뚫어볼 수 있는 지적 능력을 갖춘 주인공은 정신병원 환자가 아닌가?

그라스의 『양철북』은 나치의 전체주의를 이해하기 위한 교본과는 거리가 멀다. 물론 나치의 역사를 설명해주는 역사서도 될 수 없다. 그라스가 의도한 바는 독일 역사의 가장 끔찍했던 시기에 그에 대적할 수 있는 문학적 수단을 강구해내는 데 있다. 아우슈비츠 이후에 시를 쓰는 것이 가능하냐는 문제는 논외로 치더라도 분명한 사실은 아우슈비츠를 경험한 인간은 전혀 새로운 호흡법을 필요로 했다는 것이다.

소위 '과거 극복'이니 '과거 청산'을 위한 지침서를 쓰는 것과 같은 고귀한 목표는 그라스가 뜻한 바와는 거리가 먼 것이었다. 우리는 『양철북』 초고에는 없었던 트럼펫을 부는 마인의 일화에서 예술가의 위상과 운명이라는 프리즘을 통해 한 시대를 조망해볼 수 있다. 그는 자신의 수고양이를 비인간적으로 다루었다는 이유로 나치 돌격대에서 제명된다. '수정의 밤'을 계기로 그가 보여준 동포 유대인들에 대한 잔인함에도 불구하고 말이다. 마인은 무엇보다 예술가이다. 그가 주정꾼으로 사회의 주변인으로 남아 있는 동안은 변덕스럽지만 아름답게 트럼펫 연주를 들려준다. 돌격대에 들어가고 나서 그의 음악은 냉철해지고 절제력을 발휘하는 반면에 아름다움을 잃고 만다.

마찬가지로 오스카의 미학은 질서와 균형의 나치 미학과 대치된다. 지역의 나치 군중모임에서 행해지는 연단 위의 나치 미학은 오스카에게 분노와 반감을 불러일으킨다. 나치 연단 위에 보이는 그 자체로서 완결된 나치 미학에 대항하여 오스카는 연단 아래로부터 자신의 무정부적 북소리를 울린다. 그 결과 나치의 엄숙한 야외 행사는 소극풍의 혼돈으로 주저앉고 국가사회주의의 환상이 깨어지게 되는데, 이는 나치에 대항한 '소영웅적' 전복 기도임이 분명하다.

오스카의 양철북 연주를 통한 나치 미학에 대한 도발에는 유대인 동포들에 대한 테러가 가해지는 가운데 산타클라우스에 대한 믿음을 공언하며, '믿음과 사랑과 소망'을 호소하는 속기 쉬운 동포들에게 산타클라우스의 정체는 가스맨임을 알려주는 계몽적 기능도 포함된다. 그렇다고 오스카가 레지스탕스 전사는 결코 아니다. 오스카는 나치뿐 아니라 "붉은 깃발, 검은 깃발, 보이스카우트, 가톨릭 청년 단체의 시금치색 유니폼, 여호와의 증인, 키프호이저 동맹, 채식주의자, 폴란드 나치 운동 따위의 집회가 벌어지는 연단 아래 앉아 북을 두드렸다. 그들이 무엇을 부르고 불고 기도하고 선포하든 나의 북은 그들을 능가했다. 나의 작업은 파괴적이었다. 또한 내 북의 힘이 미치지 못했던 것들은 내 목소리가 해결해주었다."

오스카의 부식성 풍자에는 그 어떤 견고한 도덕적이고 정치적인 기반은 없다. 그는 모든 믿음과 종교와 이데올로기뿐만 아니라 이 세상을 바라보는 모든 견해마저도 부인한다. 그는 괴테와 라스푸틴을 뒤섞음으로써 니체의 유명한 아폴로와 디오니소스적 인생관을 조소거리로 삼는다. 스스로를 예수인 동시에 악마라고 칭하는 오스카에게 양극의 중간 지점이란 존재하지 않는다. 그는 파괴에 능하지만 그 결과 파편으로부터 그 어떤 새로운 것을 창조하지 못한다. 여기에 오스카의 양면성은 허무주의에 접근한다. 세상과의 그 어떤 협상도 거부하기에 오스카는 악령과 같은 검은 마녀를 대항할 방도를 찾지 못하는 것이다. 그에겐 미래를 향한 그 어떤 희망도 대답도 비전도 없다. 북을 치고 종이 위에 써 내려간 자서전에 나타난 언어적 기교와 풍요에도 불구하고 그에겐 요양원 침대 너머의 현실세계에 대한 개념이 부재한다. 그는 판단을 거부하며 자신의 행동에 대한 동기를 표명하지 않는다. 그는 보고, 듣고, 냄새 맡고, 스스로 만져본 것의 표면에만 집착한다.

『양철북』은 불행한 시대를 살아온 한 예술가의 둔주곡(遁走曲)이다. 오스카는 그 불구의 시대가 배태한 생산품이자 그 시대가 회피하고자 하는 어두운 이면이다. 어떤 비평가들은 오스카의 푸른 눈, 그의 예술가적 지위, 소시민적 출신을 들어 이는 다름 아닌 히틀러의 희화화라고도 이야기한다. 히틀러도 오스카와 마찬가지로 친구들로부터 종종 "북 치는 자"라는 별명을 들었다는 것이다. 그뿐 아니라 오스카와 히틀러는 공히 스스로를 구세주라고 칭한다. 사실 오스카의 위업 중 몇몇 부분은 그 본질의 상이함에도 불구하고 히틀러의 그것을 패러디하고 있다. 나치가 전 유럽을 대상으로 파괴를 일삼았듯이, 소시민 이웃들을 무대로 북을 치며 유리를 깨는 오스카를 히틀러의 화신으로 규정한 비평가의 입장은 분명 무리가 있다.

그럼에도 불구하고 『양철북』의 일련의 사건들은 나치 독일의 전쟁 성과와 일치하고 있다. 1939년 독일의 폴란드 침공은 오스카에 의한 얀의 죽음과 시간적으로 일치한다. 오스카가 주장하는 마리아의 성적(性的) 공략은 1940년 프랑스의 침공과 때를 같이한다. 채소상의 아내 레나 그렙과의 모험은 1940년 소련 침공과 일치한다. 또한 이탈리아 출신의 난쟁이 몽유병자인 미모의 로스비타와의 사랑은 1938년의 오스트리아 병합으로 시작되어 1944년 연합군의 노르망디 상륙과 함께 날아온 캐나다의 폭격으로 끝이 난다. 마지막으로 오스카는 1945년 패전과 함께 마체라트의 죽음에 직접적으로 관여한다.

전쟁 전만해도 관찰자의 위치를 유지해온 오스카는 전쟁이 시작되면서 스스로 죄를 짓는다. 하지만 그의 죄는 사실주의적 개념으로 범주화시키기 어렵다. 또한 오스카는 간간이 독자들에게 스스로를 믿을 수 없는 서술자라는 사실을 경각시킨다. 물론 독자의 입장에서는 서술자의 말 한마디 한마디마다 그 신빙성을 의심하면서 독서를 할 수는 없는 노릇이다. 소위 '불신의 일시적 정지' 없이 허구의 텍스트인 소설의 독서는 그 의미가 반감되기 때문이다. 특히 제3권에 묘사되는 전후 서독 사회 속에서 오스카의 죄는 사이비 신화적 죄이다. 곱사의 등을 얻은 오스카는 이제까지 자신이 그 속에 소속되기를 거부해온 어른의 세계에 일원이 되어 마리아와 그녀의 아들 쿠르트를 위해 가장이 되고자 시도하지만, 그의 타고난 죄의식은 그를 서독의 안락한 복지사회 속에서 자족하도록 놓아두지 않는다.

오늘날 통일 독일에서 "과거의 만회, 극복, 청산"이라는 말은 그리 생소한 말이 아니다. 과거의 어두운 역사와 과오에 대한 직시야말로 건전한 국민 정체성 확립을 위한 필수적 과정임을 독일인들의 다수는 합의하고 있기 때문이다. 그러나 오늘날 독일 사회의 합의가 이러한 단계에 이르게 된 것은 그라스와 같은 작가의 공헌이 있었기에 가능했다. 전후의 복고주의와 경제 부흥의 안락함 속에 안주하려는 독일인에게 그라스는 『양철북』을 통해 전후 그 어떤 문학 작품도 시도하지 못했던 독일 소시민의 내부를 숨김없이 공개했다. 『양철북』이

출간된 1959년은 서독 역사에서 중대한 전환점이었다. 과거를 묻지 말고 오로지 재건에만 몰두하던 1950년대가 끝나가고 1960년대의 비판적 성찰의 시대가 시작된 것이다. 전후 독일의 과거 청산은 이제 그 시작을 알린 것이다. 그래서 1961년 아이히만 재판과 1963년 프랑크푸르트의 아우슈비츠 재판이 열린 것이다.

이 같은 과거 만회 및 청산의 의도에는 시효가 없다. 스필버그 감독의 영화 「쉰들러의 리스트」(1993)는 통일 독일로 하여금 또다시 자신들의 과거를 되돌아보고 그 현재적 의미를 자문하는 기회를 제공했으며, 1990년대 중반 독일과 오스트리아의 수십 개 도시를 순회하며 전시된 제2차 대전 당시 독일 국방군의 잔악상을 주제로 한 사진전의 여파는 오늘날 독일인들의 자의식 속에 차지하고 있는 과거의 위력을 새삼 인식하게 해주었다.

"그래 좋다, 그렇다고 치자. 나는 치료 요양원의 환자다."라는 오스카의 충격적인 고백조의 말은 세상을 보는 매우 독창적 시야의 발로이며, 성장을 거부하고 어른들의 세계를 거부하고 북을 치며 목소리로 유리를 깨는 그의 특징만큼이나 독자를 사로잡는 요인이다. 어린이의 몸에 어른의 의식, 폭력적이고 과격한 유치함과 기성인의 기회주의적 행태의 대조적 특징, 그리고 성적 외설, 진실의 호도, 그리고 무엇보다 남의 눈에 띄지 않고 사태를 관찰할 수 있는 오스카의 능력은 그 자체만으로도 독자의 관심을 붙잡기에 충분하다. 게다가 폭력과 방종이 난무한 오스카가 살아온 시대는 오스카에게 더할 나위 없는 활동 무대를 제공한다. 도덕적 범주 밖에 위치한 오스카의 제한된 시야 속에 들어온 시대상은 독자들로 하여금 사태를 더욱 증폭시켜 관찰할 수 있도록 강요한다.

그라스의 『양철북』은 무엇보다 즐기기 위한 소설이다. 이 소설의 언어는 종종 독설적이며 도발적이다. 상당히 긴 분량의 작품임에도 불구하고 『양철북』의 언어는 다채롭고 풍요로우며 독창적 에너지로 가득 차 있다. 그야말로 읽고 또 읽고 곱씹어 읽어서 즐거움을 얻기 위한 소설임이 틀림없다.

그라스와 같은 폴란드 출신의 작가 올가 토카르축은 십대 어린 시절에 『양철북』을 그 얼마나 흥분과 격앙된 심정으로 읽었는가를 이렇게 이야기하고 있다.

내가 이 소설에서 발견한 것은 역사나 사건들보다는 오히려 인간사의 부조리가 넘쳐흐르는 분위기와 우발적 사건들, 그리고 무엇보다 인생이 그 어떠한 극적인 상황을 연출하더라도 우리로 하여금 이성을 잃지 않고 오히려 인생을 즐기도록 허락해주는 위대하고 조소적인 거리감이다.

4 장 —— 영향과 의의

Günter Grass

영화 양철북

"토마스 만 이래로 그라스만큼 세계문학에 지대한 영향을 준 작
가는 없었다."

—나딘 고다이머

영화학의 견지에서 보면 문학작품의 영화화는 문학사와
영화사적 해석에 속한다. 문학을 그 출발점으로 삼을 경우 영
화「양철북」의 문제는 영화 매체를 통한 문학작품의 수용에
관한 것이다.

소설『양철북』의 영화화에서 두드러진 점은 작가 그라스와
감독 폴커 슐뢴도르프, 이 두 사람이 첫 기획 단계에서부터 편
집 작업에 이르기까지 긴밀한 협조를 통해 영화를 제작했다는

사실이다. 그라스에게 영화 「양철북」의 제작은 1959년에 소설을 발표한 이후 처음으로 작가 자신의 예술작품에 대한 공식적 입장 표명이라는 점에서 흥미를 야기시켰다. 그라스는 영화 「양철북」이 결코 소설의 복사판이 될 수 없다는 것을 애초

1978년 베를린에서 영화 「양철북」 촬영 작업 중 오스카 역을 맡은 배우 다비드 베넨트와 함께.

부터 인식하고는 슐뢴도르프 감독에게 감독 자신의 시네마적 창의성을 최대한 보장하겠노라고 약속했다. 따라서 영화 「양철북」을 감상하는 관객은 소설에서는 찾아볼 수 없는 시네마적 변형과 그 효과를 살펴보는 자세가 필요할 것이다. 아울러 영화 감상을 통해 소설 『양철북』을 읽은 독자가 새롭게 얻게 되는 해석의 가능성에 대해서도 자문해볼 수 있을 것이다.

우선 영화는 소설의 제1, 2권만을 다루고 있다. 시간적으로 영화는 오스카가 피난 열차를 타는 시점에서 끝난다. 소설 제3권에서 다루어진 서독에서의 피난 생활은 전혀 고려되지 않고 있다. 이 같은 양적 축소의 결과에 상당하는 영화와 소설 사이의 질적 차이로는 서술 구조의 변경을 들 수 있다. 즉, 서술하는 현재와 서술의 대상이 되는 과거 사이를 오가는 자

서전적 서술 구조는 연대기 순서에 따라 일직선으로 서술되어, 그 결과 전반적으로 시네마적 사실주의가 유지된다. 다만 영화에서 들려오는 오스카의 보이스 오버는 보이지 않는 영화의 서술자 역할을 하는데, 이는 이 영화의 지배적 특징인 오스카의 주관적 시점을 강조하는 것이다. 물론 보이스 오버는 영화의 스토리가 진전되면서 점차 사라지고, 과거를 회상하며 참견 어린 말을 던지는 오스카도 사라진다. 이 모든 결과로 영화에서는 소설에서 암시되는 정신병원에서 과거를 회상하는 주인공의 이질적 성격이 제거된다. 관객은 영화를 보는 동안 내내 아주 매력적인 아역 배우 다비드 베넨트가 연기하는 어린 오스카의 모습만을 대하게 되는데, 이를 통해 소설에서와는 달리 관객은 주인공의 처지에 쉽게 공감할 수 있게 된다.

서술 구조에 비해 카메라의 움직임은 조금 더 복잡하다. 슐뢴도르프 감독은 1인칭 서술자와 1인칭 경험자의 구분을 주관적 카메라와 객관적 카메라의 이중 시각으로 처리했다. 객관적 카메라는 오스카를 향한 카메라로서 이는 소설에서 1인칭 경험자에 해당하

「오스카 역할을 한 다비드」(1978).
영화 「양철북」의 주연배우 다비드 베넨트를 소재로 한 그라스의 동판화.

고, 주관적 카메라는 오스카 자신의 시각을 말한다.

물론 이 두 가지 시각이 명확히 구분되는 것은 아니며 그것은 감독의 의도와도 거리가 멀다. 일례를 들자면, 오스카의 출생 시퀀스에서 카메라는 우선 모체 속의 오스카를 비춘 다음, 이어서 오스카의 출생을 기다리는 식구들의 모습은 태아의 주관적 시점인 위아래가 뒤바뀐 모습으로 촬영되었다. 슐뢴도르프는 이것을 오스카의 주관적 시점의 신호로 의도한 것이다.

이 장면에 이어 '객관적 시각' 처럼 보이는 장면들을 슐뢴도르프는 '시각적 시점'과 대비되는 소위 '정신적 시점'이라고 칭하고 있다. 그에 따라 오스카의 주관적 시점으로 표현되어야 할 시퀀스들도 객관적 시점으로 재현되었다. 예를 들어 얀과 아그네스의 간통 장면은 오스카의 상상에 의한 장면임에도 불구하고 사실주의적 객관적 시점으로 재현되었다. 또 마이비제에서 열리는 군중집회 시퀀스의 경우, 우선 라디오에서 집회 소리가 들려오고, 곧이어 나치 주간뉴스의 화면과 같은 흑백 화면이 나타난 다음에야 비로소 점차 사실주의적 재현으로 넘어갔다.

이 영화의 또 다른 기술적 특징으로 몇몇 시퀀스에서 발견되는 무성영화식 촬영 기법을 들 수 있다. 콜야이첵이 강물 속으로 뛰어들고 폴란드 우체국이 공격당하는 장면이나 아그네스의 장례와 얀의 신체검사 장면 등은 이중노출로 촬영되었다. 이 가운데 아그네스의 장례와 콜야이첵의 도주 장면은 촬영 기법의 유사성으로 인해 그 동기의 유사성이 시사되기도 한다. 콜야이첵의 도주는 아이리스 인·아웃 기법을 통해 추정상의 생존 및 뒤 이은 미국행의 가능성을 시사한다. 폴란드 우체국의 공격 시퀀스는 마이비제 군중집회 시퀀스와 마찬가지로 나치 주간뉴스 화면으로 시작된다.

마지막으로 단치히의 조감도는 이 영화에서 두 번 등장하는데, 그 첫 번째는 유대인 마르쿠스가 아그네스에게 정치적 정황의 변화에 따른 충고 장면 뒤에 나오고, 두 번째는 폴란드 민족에 관한 히틀러의 연설이 보이스 오버로 들려오는 순간에 나타난다. 이 장면은 폴란드 우체국 공격으로 직접 연결된다.

'수정의 밤' 장면은 통합적이고 드라마틱한 효과를 연출하도록 제작되었다. 소설 속의 다양한 상황 중에서 유대인 마르쿠스의 일화가 대표적으로 선택되면서, 돌격대에 의해 파괴되는 장난감 가게의 모습이 연출된다. 죽은 마르쿠스의 뒤로 보이는 벌거벗은 인형들과 그 절단된 사지들은 나치 수용소의 시체 무덤과의 직접적 연관관계를 보여준다.

슐뢴도르프의 영화 「양철북」의 독창성은 영화 장르 특유의 구상적 성격을 시종일관 추구한 데 있다. 언어예술과 영상

예술의 차이를 도외시함이 없이 영화 「양철북」은 과감하게 원작과 거리를 두고 극적 효과를 노린 축약과 영화 특유의 수사적 표현을 사용하고 있다. 영화에서 카메라가 소설의 서술 기능을 전적으로 떠맡은 결과, 영화 속의 서사적·환상적 특징은 최소한으로 제한되어 소설 속의 양가성(兩價性)이나 모호함은 제거된다.

작품의 영향

그라스의 소설 『양철북』은 독일 국내외를 막론하고 전후 독일의 새로운 예술가와 지식인상을 예고했다. 나치, 화장터, 폴란드 열등 인종, 강제 노동자, 홀로코스트, 유대인 학살 등 전후 독일인과 연관되던 부정적 자화상이 오늘날 '과거를 직시하는' 독일인상으로 바뀌게 된 데는 독일 민족과 독일 역사에 대한 자기비판에 추호의 거리낌이 없었던 그라스와 같은 예술가와 시민들의 공덕이 절대적이었다. 그라스는 제2차 대전의 결과로 추락한 독일인상에 새로운 대안을 제시한 독일의 진정한 애국자이다.

그라스의 『양철북』은 또한 나치의 패배 후 사망 진단서가 발부된 오염된 독일 언어에 새로운 가능성을 열어준 전환기적 소설이기도 하다. 그라스 문학의 정치성과 그의 가시적 사회 참여는 독일 내에서 격렬한 찬반 논쟁을 불러일으켰다. 그럼에도 불구하고 1999년 노벨 문학상 수상과 함께 고도의 문학적 수준으로 특징 지워지는 그의 작품뿐 아니라 그의 끊임없는 정치·사회 문제들에 대한 강력한 입장 표명의 공로도 동시에 그 가치를 인정받았다. 국외 특히 폴란드를 비롯한 외국에서의 그라스 이미지는 민주주의 독일의 표상이자 명예로운 이단자의 그것이다. 하지만 독일 국내에 그를 비판하는 사람들은 노벨문학상 수상을 위해 스웨덴 땅에 도착한 그라스가 아우슈비츠를 언급하는 데 걸리는 시간에 더 관심을 보였다. 실로 그라스는 도착 후 단 9분 만에 기자들 앞에서 아우슈비츠를 언급했다. 스웨덴 학술원은 노벨문학상 축사에서 그라스의 문학작품이 "독일의 과거에 드리워져 있는 악의 속박을 극복하는 데 기여했음"을 지적했다. 학술원은 특히 소설 『양철북』을 계기로 20세기 독일 문학의 부활을 지적하면서 이 작품 속의 '서사적 축제'의 측면을 강조했다.

그라스의 『양철북』은 이제 독일 문학, 서구 문학은 말할 것도 없고 세계 문학에서도 빼놓을 수 없는 주요 작품으로 손꼽히며, 또한 언어와 민족의 경계를 넘어 창조적 대화의 계기를 마련해준 작품이다. 특히 주목할 만한 사실은 그라스 작품의 창조적 수용의 결과 영어권의 저명한 두 작가가 그라스를 자신들의 문학적 스승이라고 공언하고 있다는 점이다.

봄베이 출신의 살만 루시디는 1967년 캠브리지 대학 재학 시절에 탐독한 『양철북』이야말로 그 자신 속의 '문들'을 열어주었다고 고백하고 있다.

바로 이것이, 그라스의 위대한 소설이 그것의 북 장단에 맞춰 나에게 전해준 말이었다. 전체에 모든 것을 걸어라! 항상 과도하게 시도하라! 정도에 넘치게! 안전망을 거두어라! 말을 시작하기 전에 숨을 깊이 들이켜라! 별을 향해 손을 뻗어라! 그리고 미소 지어라! 굴복하지 마라! 세상과 다투어라! 그리고 잊지 마라, 오직 글을 통해서만 1001개의 물건을 붙잡을 수 있다는 사실을. 어린 시절, 확신들, 도시들, 의혹, 꿈, 순간들, 문장들, 부모, 사랑. 모래와 같이 끝없이 우리의 손가락 사이로 사라지는 것들. 나는 이 북을 치는 난쟁이의 교훈으로부터 배우고자 시도했다. 그리고 내가 또 다른 위대한 책 『개들의 해』에서 배운 것은, 모든 것을 완성한 다음에는 처음부터 다시 시작하라! 그리고 그것을 능가하라! [26]

『가아프가 본 세상』『호텔 뉴 햄프셔』 등으로 유명한 미국의 소설가 존 어빙은 작가 그라스의 역사적 사실을 뛰어넘는 상상력을 예찬하면서, 1962년 오스트리아 빈 대학 학생 시절에 읽은 『양철북』을 계기로 글을 쓰게 되었다고 말했다. 『양철북』의 독서가 준 익살과 분노는 훗날 어빙 자신에게 "독자들로 하여금 기적을 믿게 만드는" 소설 『오웬 미니를 위한 기도』(1989)를 쓰게 해주었다는 것이다.

이 소설의 주인공 오웬 미니는 스스로 자신의 운명이 신에 의해 선택되고 결정되었다고 믿는다. 월남전과 반전 운동의 격동기인 1960년대 미국을 배경으로 영웅인 동시에 희생자로서 오웬 미니의 기적에 가득 찬, 희극적이며 동시에 비극적인 이야기는 오스카 마체라트의 이니셜 O.M.을 딴 주인공의 이름에서뿐만 아니라 환상을 통해 역사를 극복하는 『양철북』의 독서에서 얻은 교훈을 따른 결과라고 작가는 밝혔다. 조만간 한국에서도 또 다른 어빙과 루시디가 탄생하기를 기대해본다.

2 해석적 읽기

Die Blechtrommel

양철북

『양철북』을 통해 나는 처음으로

전쟁의 경악을 몸소 체험할 수 있었다.

나는 『양철북』에서 어린아이 영혼의 어두운 측면을

전율과 함께 발견할 수 있었다.

그라스는 또한 나에게

좋은 작가란 정치를 성찰할 줄도 알고 정치를 움직일 수도 있으며,

언어란 명목상의 기능 외에도

규범적 기능도 가지고 있음을 가르쳐 주었다.

그리고 무엇보다 나는 그라스의 작품을 읽음으로써

내가 이제까지 읽었던 그 어떤 두꺼운 역사서적에서보다

독일에 관해 실로 더 많은 것을 경험하게 되었다.

_ 불가리아 번역가

양철북

제1권

가족사

　"요양원 밖에서 혼돈된 삶을 영위하고 있는" 독자들에게 1954년 9월, 30세가 된 오스카는 지난 2년간 1899년부터 현재에 이르는 가족사를 독일 제2제국 시대, 제1차 세계대전, 나치 시대, 전쟁과 피난 그리고 추방, 전후 서독의 아데나워 시대에 걸쳐 서술한다. 따라서 소설은 독일과 유럽 역사의 주요 사건들을 언급하고 있다. 황제의 전투함대 증축, 제1차 대전이 발발한 1914년 8월, 베르덩 전투, 인플레, 주식 폭락, 나치의 등장, 그리고 "사람들이 훗날 '수정의 밤'이라 부르는

1938년 11월 8, 9일 밤"에서 『양철북』 제1권은 끝이 난다.

오스카는 자신의 양철로 된 북을 치면서 과거를 회상하고 그것을 글로 옮긴다.

1899년 10월의 어느 날 오후, 오스카의 외할머니 안나 브론스키는 단치히 근처 카슈브인 지역의 감자 밭에 앉아 한 남자가 경찰에게 쫓기는 모습을 관찰한다. "전선대 사이에 무언가 움직이고 있었다." 다른 두 명에게 쫓기는 이 남자는 안나 브론스키의 넓은 치마폭 속으로 몸을 숨긴다. 그의 이름은 폴란드 민족주의자 요셉 콜야이첵. 방화범으로 수배 중인 인물이다. 치마 속에서 그는 안나 브론스키를 임신시켜, (19)00년 7월 말 딸 아그네스가 태어난다.

요셉은 자신의 정체를 숨기고 다른 사람의 이름을 사용하며 추적으로부터 벗어난다. 바익셀 강에서 뗏목지기로 살던 요셉은 14년 후 정체가 발각되어 도주하던 중 익사하고 만다는 것이 여러 견해 중 하나이다. 또 다른 견해로는 수영에 능한 요셉이 미국으로 건너가 버펄로에서 목재상으로 성공하여 성냥 공장과 화재보험회사 주식을 소유한 부자가 되었다는 얘기도 있다. 아무튼 그의 시신은 발견되지 않았다.

오스카의 탄생

요셉과 안나의 외동딸 아그네스는 사촌 오빠인 얀 브론스키와는 어린 시절부터 매우 절친한 사이이다. 이 두 사람 사이에 상당히 큰 제지업의 에이전트로 활약하고 있는 독일인 알프레드 마체라트가 나타나고, 이들의 삼각관계는 장차 중대한 결과를 초래한다. 제1차 대전 참전 중 다리에 부상을 입고 입원해 있던 마체라트는 간호보조원으로 일하는 아그네스를 만나 특유의 요리 솜씨와 라인란트 지방의 유쾌한 성품을 무기로 그녀의 환심을 산다. 그리고 전쟁이 끝나고 국제연맹의 관할하에 자유도시가 된 단치히에서 두 사람은 1923년에 결혼한다. 단치히 시내 폴란드 우체국 직원으로 전근한 얀 브론스키는 두 사람의 혼인에 증인으로 선다.

마체라트 부부는 단치히 교외 랑푸어에 위치한 식료품 가게를 인수하고는 알프레드는 도매시장에서 상품을 구입하고 아그네스는 가게에서 손님들을 맞고, 두 사람은 "놀라울 정도로 서로를 보완한다."

1924년 9월 초순 오스카는 두 개의 60와트 백열전구를 보는 것으로 이 세상의 빛을 처음으로 본다. 그의 정신적 발전은 이미 출생 당시에 완성되었다. 자신이 태어난 이 세상의 거짓과 기만을 간파한 오스카는 태아의 상태로 되돌아가고 싶었으나 이미 산모는 오스카의 탯줄을 끊어버린 뒤였다. 더이상 어쩔 도리가 없었다. 그는 "아기 오스카가 세 살이 되면 양철북을 사줘야지."라는 어머니 말을 위안으로 삼는다.

세 살이 된 오스카는 아버지의 반대에도 불구하고 약속한 대로 흰색과 붉은색의 에나멜로 된 양철북을 선사 받는다. 소시민들의 허식과 기만을 통해 어른들의 세계를 충분히 관찰해온 오스카는 스스로 더 이상 성장하지 않을 구실을 마련하기 위해 마체라트가 문을 열어놓은 지하실 통로에서 추락한다. 이제 오스카는 세 살 나이의 신장 94센티미터에서 성장을 멈춘다.

유리 깨는 목소리

세 살의 오스카는 또한 소리를 질러 유리를 깨는 능력을 얻게 된다. 너무 두들기는 바람에 망가진 북을 마체라트가 빼앗으려다가 오스카는 뜻하지 않게 자신의 목소리의 능력을 발견한다.

"그 순간 지금까지 조용하고 얌전한 아이로 통하던 오스카는 파괴적이고 효과적인 최초의 비명 소리를 내는 데 성공했다. 벌꿀빛의 우리 집 괘종시계 문자판을 먼지와 죽은 파리로부터 보호해주던 잘 다듬어진 둥근 유리가 깨져 적갈색 바닥에 떨어지고 부분적으로 또다시 박살이 났다. 왜냐하면 괘종시계가 서 있는 곳까지 양탄자가 미치지 못했기 때문이다."

오스카의 신기한 목소리는 그가 초등학교에 입학하는 날에도 그 위력을 발휘한다. 교실에서 북을 치는 오스카를 제지하려고 회초리로 북을 때리는 페스탈로치 초등학교 교사에게 오스카는 "두 배나 더 큰 소리로 비명을 질러 슈폴렌하우어의 양쪽 안경알을 말 그대로 박살을 내어버렸다."

하루 만에 학교를 그만둔 오스카는 독학의 길을 간다. 라스푸틴의 전기와 괴테의 소설 『친화력』은 오스카에게 '두 가지 영혼'으로 기능한다. 이제 본격적으로 예술가의 길을 걷게 된 오스카는 단치히 랑푸어의 좁은 공간을 무대로 북을 치며 이웃을 관찰한다. 새 양철북을 구하기 위해 오스카와 어머니 아그네스는 목요일마다 단치히 구시가를 방문한다. 슈톡투룸에서 시립 극장의 건축 양식을 바라보던 오스카는 이 건물에 반감을 느낀다. 바로 이 장소에서 오스카는 시립 극장 건물을 향해, 또 목요일마다 간통을 범하고 있는 어머니와 삼촌 얀을 향해 소리 지른다.

1934년 봄, 오스카는 어머니 아그네스와 함께 서커스를 관람한다. 여기서 오스카는 음악 광대 베브라를 만난다.

오스카와 교회

얀 브론스키와의 불륜 관계와 그로 인한 죄의식에 사로잡힌 오스카의 어머니 아그네스는 랑푸어의 성심교회에서 고해를 한다. 가톨릭 미사예배의 입제문(入祭文) "인트로비보 아드 알타레 데이"를 부르며 오스카는 성모 마리아의 품에

안겨 있는 예수의 목에 북을 건다. 오스카는 구세주 예수가
자신과 마찬가지로 북을 칠 것을 기대한다. "그가 북을 치든
지, 아니라면 그는 예수가 아니다. 그가 북을 치지 않는다면
오히려 오스카가 진짜 예수다." 예수는 북을 치지 않는다. 그
래서 기적은 일어나지 않는다. 실망한 오스카는 결심한다.
"북도 치지 못하는 그와는 성금요일에 끝장이다."

성금요일의 식사

오스카의 어머니 아그네스는 생선 중독으로 죽는다. 두 남
자 얀과 마체라트 사이에서 아그네스는 오스카라는 부담을
걸머지고 죄의식에 사로잡혀 자살의 길을 간 것이다.

성금요일의 뱀장어 사건 이후 아그네스에게는 오스카가
예상한 대로 수난의 시기가 시작된다. 아그네스가 이제 자발
적으로, 수수께끼 같은 의지에 사로잡혀 엄청난 양의 생선을
먹기 시작한 것이다.

"그녀는 아침 식사를 기름에 절인 정어리 통조림으로 시
작했다. 그리고 두 시간 후 손님이 가게에 없을 때면 본작 청
어가 들어 있는 생선 상자를 덮쳤다. 점심으로는 구운 넙치나
겨자 소스를 바른 대구, 오후가 되면 또다시 생선 통조림 따
개를 손에 잡았다. 뱀장어 젤리, 청어 꼬치, 구운 청어. 마체
라트가 저녁에 생선을 굽거나 요리하기를 거부하면 그녀는

불평 한마디 없이 식탁에서 조용히 일어나 훈제된 생선 한 조
각을 상점에서 가져왔다. 그녀가 칼로 뱀장어 껍데기와 기름
을 제거하고는 오로지 생선살만을 같은 칼로 썰어 먹고 있노
라면 우리의 식욕은 모두 사라질 지경이었다. 그녀는 하루에
도 여러 차례 음식을 토해버렸다. 마체라트가 쩔쩔매며 그녀
에게 물었다. '임신한 거 아니야? 아니면 무슨 일이야?'"

아그네스는 죄책감으로 인해 스스로 생선 중독과 황달에
걸려 임신 3개월의 몸으로 죽는다.

"나의 불쌍한 엄마의 관은 검은색이었다. 관은 놀라울 정
도로 조화를 이루며 끝으로 가면서 좁아졌다. 이 세상에 인간
의 비율과 이처럼 성공적으로 유사한 형태가 또 있을까?"

투루친스키 등에 난 상처

상처로 뒤덮여 있는 헤르베르트 투루친스키는 그의 등을
만지는 오스카에게는 또 다른 성장 과정이다. 시내 선술집에
서 일하는 투루친스키는 종종 싸움에 휘말리느라 구급차에
실려 집에 오곤 했는데, 그는 워낙 건장해서 사람들이 오로지
그의 뒤쪽에서만 공격하기 때문에 등을 제외하면 다른 곳에
는 거의 상처가 없다. 그의 등에 난 상처를 만지던 경험을 오
스카는 이렇게 되새기고 있다.

"몇 명의 소녀와 부인의 그 부분들, 나 자신의 성기, 소년

예수의 고추, 그리고 딱 2년 전 호밀밭에서 개가 내게 물어온 무명지, 일 년 전까지만 해도 병조림 병에 넣어 손에 안 닿게 보관할 수 있었던 그 무명지는 너무도 확연하고 완벽하여, 북채를 잡기만 하면 지금까지도 그 손가락 하나하나를 느끼고 셀 수 있을 정도이다.”

세 살 이후 오스카의 북채는 헤르베르트의 상처, 성기, 무명지, 탯줄, 그리고 “종종 분출하는 젊은 여성과 나이 든 여성들의 분화구”와 함께 오스카의 촉각 교육장으로 기능해오며, 이 모든 것은 서로 연상 작용을 하게 만든다.

오스카는 투루친스키의 등에 난 상처 하나 하나를 손으로 혹은 북채로 건드리면서 그 내력을 묻는다. 한편 레트란트 출신의 선장을 정당방위로 죽인 투루친스키는 선술집 웨이터 일을 그만두고 해양박물관의 관리인으로 취직한다.

이 해양박물관의 수집품 중에는 15세기에 건조된 피렌체 범선의 뱃머리를 장식했던 목각상이 있다. 이 목각상의 모델 노릇을 했던 소녀는 마녀재판에서 화형당하고, 이 목각상과 범선에 관련된 사람들은 모두 목숨을 잃거나 화를 당했다. 그뿐만이 아니라 이후에도 이 목각상이 가는 곳이면 어김없이 불행이 뒤따랐다. 이 ‘목각의 니오베’가 결국 새로 건립된 해양박물관에 전시되는데, 이를 주선한 박물관장은 폐혈증으로 사망했다. 그 후에도 많은 사람이 이 목각의 니오베 앞에서 해양박물관에 전시된 예리한 물건들이 가슴에 박힌 채 의문의 죽음을 당했다. 이런 이유로 박물관 관리인을 자청하는 사람이 없었다.

박물관 관리인으로 취직한 헤르베르트도 예외 없이 니오베의 저주에 사로잡혀 목각과 교미하려고 시도하다가 목숨을 잃는다.

"내 뒤를 쫓아 박물관 홀로 뛰어 들어온 구급대원들은 헤르베르트를 니오베로부터 분리하느라 애를 먹었다. 극도의 광란 속에서 이 사나이는 양날을 가진 선박용 도끼의 안전 사슬을 끊고 한쪽 날은 니오베의 목각상에 박은 다음 다른 날로 여인을 덮치려다가 자기 자신의 살에 박고 말았다. 그의 열려 있는 바지 아래쪽은 아직까지도 발기된 채 이성을 잃고 밖으로 돌출되어 있는데, 닻을 내릴 장소를 발견하지 못하고 있었다."

불행의 원천으로서의 니오베는 인간의 의지로는 억누를 수도 피할 수도 없는 운명에 대한 숙명론적 굴복의 비유담이다. 마치 전후 서독에서 경제적 기적이 모든 행복의 원천으로 간주된 것과 같이 니오베는 당시 독일의 모든 불행의 원천으로 간주된 것이다.

니오베 사건 다음에 나오는 「믿음, 소망, 사랑」 장은 이렇게 시작되고 있다.

그것은 죽지 않았다. 봉인되어 소위 복원 작업을 이유로 박물관 지하실에 보관되었다. 하지만 불행은 창고에 가두어둘 수 없는 것이다. 그것은 하수구를 통해 폐수와 합해지고 가스관을 통해 모든 집으로 들어간다. 수프 냄비를 푸른색이 도는 불 위에 올려놓는 그 누구도 불행이 자신의 수프를 끓게 한다는 사실을 알아차리지 못한다.

옛날 옛적에

고린도전서 구절을 제목으로 하는 『양철북』 제1권의 마지막 장 「믿음, 소망, 사랑」은 제1권 중에서 가장 정치색이 뚜렷한 역사적 고발을 그 내용으로 하고 있다. 1938년 11월 9일 밤, 독일 전역에서 자행된 대(對) 유대인 폭력 및 방화 사건인 '수정의 밤'은 오스카의 고향에서도 어김없이 비극적 상황을 야기한다. 그 결과 어머니 아그네스와 영국으로 도주하고 싶다던 장난감 가게 주인인 유대인 마르쿠스는 자살한다.

옛날 옛날 지기스문트 마르쿠스라는 이름의 장난감 가게 주인은 붉고 하얗게 래커 칠을 한 양철북을 팔았다.
옛날 옛날 오스카라는 양철북을 치는 사람은 장난감 가게 주인이 필요했다.
옛날 옛날 마르쿠스라는 장난감 가게 주인이 있었는데 그는 세상을 떠나면서 이 세상 모든 장난감을 가지고 가버렸다.

옛날 옛적 마인이라는 이름의 음악가는 트럼펫을 훌륭하게 불 줄 알았는데, 음악가 마인은 돌격대원이 되었다.

옛날 옛적 마인이라는 이름의 음악가가 살았다. 그가 아직 죽지 않았다면 오늘날에도 살아서 여전히 아름답게 트럼펫을 불고 있다.

『양철북』 제1권은 이렇게 끝이 나고, 제2권은 시간적으로 제2차 대전 발발에 대해, 무엇보다 단치히 시에 위치한 폴란드 우체국에 대한 독일군의 공격으로 시작된다.

제2권

폴란드 우체국

제2권이 시작되면서 독일인과 폴란드인 사이의 가족적 관계에 긴장이 감돈다. 양철북을 고쳐줄 단치히의 폴란드 우체국 관리인 코비엘라를 찾아가던 오스카는 얀과 함께 폴란드 우체국 2층 우편물 보관실에서 제2차 세계대전을 맞게 된다. 1939년 9월 1일 단치히 항구에 정박 중이던 정기선 슐레스빅 홀슈타인호와 슐레지엔호가 폴란드 해안 요새를 폭격한다. 51명의 폴란드 우체국 직원은 독일군에 대항하여 우체국을 사수한다. 폭격이 시작되었는데도 오스카의 유일한 관심은 자신의 고장 난 북을 안전하게 보존하는 일이다.

그뿐 아니라 폴란드 우체국이 포위되고 폭격을 맞는 상황에서도 지하 우편물 창고에서 오스카와 쿠비엘라, 얀은 독일군에게 우체국이 점령당하는 순간까지 카드놀이를 한다. 그러다가 쿠비엘라가 사망하자 얀은 자신의 우아한 손으로 한 층 두 층 카드 집을 쌓는다. 이 연약한 바람 없는 방의 카드 집은 우체국 안으로 진입한 독일군에 의해 무너진다. 폴란드 우체국 전투에서 체포된 얀을 포함한 31명의 폴란드인은 독일군에 의해 사살된다.

마리아

죽은 투루친스키의 막내 동생 마리아는 홀아비 마체라트의 살림과 가게 일을 도와주기 위해 '대용품' 조로 오스카 가정에 들어온다. 마리아는 오스카의 첫사랑이 된다. 방금 씻은 듯한 둥근 얼굴에 콧부리로 몰린 힘차고 짙은 눈썹, 촘촘한 속눈썹 아래 조금 심하게 튀어나온 회색 눈과 차갑지 않으면서도 냉철한 눈초리의 마리아는 오스카에게 강력한 후각적 이미지로 다가온다. 마리아는 오스카에게 바닐라 향의 원천이다.

"마리아가 웃옷을 벗자마자 온화하고 순수하면서도 정신

을 몽롱하게 만드는 바닐라 향이 나는 것일까? 바닐라 뿌리로 몸을 문질렀단 말인가? 이 냄새를 풍기는 싸구려 향수라도 있단 말인가? 아니면 그녀에게 이 향기는 카터 부인의 암모니아 냄새, 혹은 우리 할머니 치마 속에서 나는 약간 썩은 버터 냄새와 마찬가지로 몸에 밴 냄새일까? 만사에 뿌리까지 파고들어야만 직성이 풀리는 나 오스카는 바닐라 냄새 역시 그 근원을 찾아 나선다. 마리아는 그것을 몸에 문지른 것이 아니다. 마리아는 본래 그 냄새가 난다. 마리아 스스로도 그녀에게 달라붙어 있는 그 냄새를 인식하지 못하고 있다고 나는 오늘날까지 확신한다.”

오스카의 ‘북’과 마찬가지로 ‘침’과 ‘비등산’도 사건을 움직이고 상황을 야기하는 원동력으로 작용한다.

“40년 늦은 여름 선갈퀴와 딸기를 소생시키고 감정을 일깨우고 나의 육체로 하여금 무엇인가 찾아 나서게 만들고, 나로 하여금 살구버섯, 그물우산버섯, 그리고 내가 알고 있지는 않지만 마찬가지로 먹을 수 있는 다른 버섯들의 채집가로 만들고, 나를 아버지로 만든, 그렇다, 아버지, 아주 젊은 아버지로 만든, 수집하고 아이를 만드는 아버지가 되게 한 것은 침이었다. 침이 아버지를. 감정을 불러일으키며.”

비등산 놀이는 오스카로 하여금 세 번째 북채를 사용하게 했는데, 그것을 사용할 만큼 오스카는 자란 것이다. 마리아는 이제 비등산 없이도 오스카의 애인이 된다.

마리아는 마체라트에 의해 임신하게 되고, 마체라트는 오스카로 하여금 어머니의 죽음 후 종종 따스한 침대를 찾게 만들었던 야채상 그렙 부인의 권유로 오스카의 애인 마리아와 혼인한다. "나의 아버지는 나의 미래의 처와 혼인한 셈이다."

1941년 마리아는 아들 쿠르트를 낳는다. 오스카는 쿠르트에게 자신의 경우와 마찬가지로 세 살 되는 해 양철북을 선물할 것을 약속한다. 마리아와의 관계로 좌절을 느낀 오스카는 "항상 불쾌한 냄새를 풍기는 방탕한" 여인 레나 그렙을 찾는다. 동성주의자인 그녀의 남편은 풍기 단속 경찰의 소환장을 받고 스스로 목숨을 끊는다.

패전과 피난

소련군이 점령한 단치히에서 마체라트는 오스카가 의도적으로 건넨 나치당 배지를 공포에 질려 삼키고는 소련군에 의해 사살된다. 진부한 악은 그로테스크한 모습을 취한다. 마체라트가 숨 막혀 사살되는 동안 오스카는 '이'를 눌러 죽인다. 소련군에 의해 겁탈당하는 그렙 부인은 "그 즉시 거의 그녀가 잊고 있었던 자세로 되돌아간다." 집에서는 소련군 노랫소리가 들려온다.

마체라트 시신을 매장하면서 오스카는 양철북도 함께 땅

에 묻고는 고수의 길을 포기하고 성장을 결심한다.

오스카의 집에는 새로운 사람이 들어온다. 집단학살 수용소 트렙링카에서 소독 일을 하는 동안 그곳에서 자신의 가족이 모두 살해된 유대인 파인골트가 마체라트의 식료품 가게를 인수한다. 오스카는 마리아, 쿠르트와 함께 뒤셀도르프로 피난 간다. 피난 열차 속에서 오스카의 키는 94센티에서 121센티로 자라지만 유리를 깨는 힘은 사라지고 만다. 오스카는 처음에는 뤼네부르크의 병원에, 곧이어 하노버 대학병원, 마지막으로 뒤셀도르프 시립 병원에 입원한다.

제3권

회상의 매체로서의 북 치기

『양철북』 제3권은 전쟁 이후 서쪽에서의 피난 생활을 그리고 있다. 1946년 5월 뒤셀도르프 병원에서 퇴원한 오스카는 독서에 몰두하지만 그것들은 그를 통해 빠져나가 버린다. 오스카의 아들 쿠르트는 부싯돌 암거래로, 마리아는 인조꿀 거래로 피난살이를 꾸려나간다. 마리아와 결혼해서 평범한 가장이자 남편으로서 복고주의적이고 서민적인 삶을 살아가고자 했던 자신의 계획이 좌절되자 오스카는 광대가 되기로 결심한다. 1948년 6월 20일 통화개혁과 때를 같이하여 오스

카는 자신의 등에 달린 혹을 새로운 경제체제하에서 밥벌이
를 위한 도구로 사용하게 된다. 마리아가 오스카의 청혼을 거
절함으로써 오스카는 이제 또다시 예술가의 삶을 계획한 것
이다. 통화개혁으로 사업 기반을 상실한 석공 코르네프의 묘
석 가게를 그만둔 오스카는 뒤셀도르프의 노동청과 예술대
학을 마주하고 있는 공원 의자에 앉아 명상에 잠긴다. 이때
모델을 찾고 있는, 그림을 그리고 스케치를 하고 조형예술을
하는 예술가 청년들이 오스카에게 접근한다. 예술대학은 모
델료로 1시간당 1마르크 80페니히를, 누드모델일 경우엔 2마
르크를 지불한다.

"예술은 고발이자 표현이고 정열!"이라고 외치는, 검은 먼
지를 콧구멍에서 내뿜는 석탄색 눈의 쿠헨 교수는 예술학교
학생들에게 모델 오스카를 이렇게 설명한다.

"이자는 인간의 파괴된 모습을 고발적이고, 도전적으로,
시간을 뛰어넘어, 그러면서도 우리 세기의 광기를 표현적으
로 나타내 보이고 있다." "이자, 이 불구자를 그려서는 안 돼.
이자를 도살하고 십자가에 매달아 목탄으로 종이 위에 못질
을 하란 말이다!"

학생들은 오스카의 등에 난 혹의 불구성에 집착한 나머지
오스카의 아름다움을 보지 못한다. 오스카의 말대로 학생들
과 교수는 오스카에게서 라스푸틴은 보았지만 잠들어 있는

괴테적 이면은 보지 못한 것이다.

고전적 조화와 균형을 추구하는 예술학교의 조각가 마룬 교수의 제자들 앞에 오스카는 하루 5시간씩 누드모델 일을 한다. 오스카는 또한 예술학교 사육제 파티에서 노르망디 콘크리트 요새에서 만났던 랑케 상병과 그의 뮤즈인 울라를 만난다. 울라와 오스카는 이제 짝을 이루어 모델 일을 한다. 오스카가 울라의 왼쪽 허벅지에 앉아서 각각 예수와 마돈나 역할을 맡았던 "마돈나 49"라는 제목의 그림도 이때 만들어진 것이다. 그뿐 아니라 오스카는 잡세 묘지에서 양철북을 묘지 속에 버린 이후 처음으로 북을 손에 잡는다. 북을 손에 잡으려고도 않는 오스카에게 화가 라스콜니코프는 "지나가 버린 것이란 없다. 만사는 되풀이되기 마련이지. 죄와 벌, 그리고 또 죄!"라고 말하며 북을 치는 것이 오스카의 운명임을 암시한다. 그리하여 마돈나의 무릎에는 북을 치는 예수 모습의 오스카가 자리 잡는다.

오스카는 율리허 슈트라세 7번지 차이들러 씨네 목욕탕을 개조한 방에 세를 든다. 이 집에는 간호사 도로테아가 살고 있다. 죽음과 동시에 성애의 구현으로 간호사를 동경하고 있는 오스카는 본 적도 없는 도로테아를 사랑한다. 그녀가 베르너 박사로부터 편지를 받게 되자 시기심이 발동한 오스카는 그녀의 방에서, 그녀의 머리카락을 가지고, 그녀의 옷장 속에 들어가 자위를 한다.

또한 마체라트의 사망과 동시에 북을 포기했던 오스카는 플루트 주자 클렙과 기타 주자 숄레와 함께 '라인 리버 밴드'를 조직하고 '양파 주점'에서 연즈를 한다. 이곳에 온 손님들은 '눈물 없는 세기(世紀)'에 눈물이 나올 때까지 양파를 썬다. 오스카의 북은 복고주의로 물들어 과거를 잊으려는 서독 사회에 회상과 기억의 매체로 부활한다. 오스카의 북소리는 술집의 청중들을 어린 시절로 돌아가게 하여 방종한 행동을 야기한다.

어떤 한 기획사가 오스카와 계약을 맺고자 한다. 생각할 시간을 요청한 오스카는 랑케스와 같이 전선 극장 시절 방문했던 대서양 요새를 다시 찾는다. 그곳에서 전쟁 당시 요새 지휘관이던 헤어조크를 만나고, 다시 수녀들을 발견한다. 과거에 랑케스는 같은 장소에서 해변 위를 거닐던 수녀들을 사살한 적이 있다. 랑케스는 아그네타라는 예비 수녀를 유혹한다.

여행에서 돌아온 오스카는 '베스트'라는 기획사의 사장 베브라를 다시 만난다. 베브라는 로스비타, 아그네스, 얀, 마체라트의 죽음에 대해 오스카의 책임을 거론한다. 기획사 베스트는 오스카를 "마술사, 신앙요법사, 구세주"로 광고하고 오스카는 부를 얻는다. 곧이어 베브라가 사망하고 오스카는 그의 상속인이 된다.

어느 날 오스카는 개 임대점에서 빌린 개를 데리고 산책하던 길에 도로테아의 무명지로 판명되는 한 여성의 손가락을 발견한다. 오스카는 비틀라를 만나고 두 사람은 전차를 훔쳐 뒤셀도르프 밤거리를 운행하던 중 승객 세 명을 태운다. 녹색 모자를 쓴 두 명이 부상당하고 반봉사인 데다 안경까지 잃어버린 빅터 벨룬에게 린치를 가한다. 벨룬은 1939년 폴란드 우체국이 함락당할 때 의용병으로 싸우다가 안경을 잃어버리고 독일군으로부터 탈출하여 지금은 현금등기 배달부로 일하고 있다. 전쟁이 끝난 오늘날까지도 '형리들'은 1939년 10월 5일 발부된 체포 사살 명령서를 가지고 서독 우체국에서 근무하는 그를 추적해온다. "오늘밤 명령이 완수되면 과거는 이것으로 끝이다."라고 형리는 말한다. 오스카와 비틀라는 유엔, 민주주의, 집단 죄의식, 아데나워 등을 언급하면서 항변해보지만 폴란드와 서독 사이에 평화조약이 수립되지 않은 상황에서 사살 명령은 유효하다는 말만 그들에게 돌아온다. 이때 약간 찌그러진 달이 구름 사이에서 나오고, 오스카는 북을 치기 시작하고, 벨룬이 노래를 한다.

"잃어버렸다. 아직 잃어버리지 않았다. 아직도 폴란드는 잃어버리지 않았다!"

두 명의 녹색 모자는 갑자기 몸을 떨기 시작한다. 오스카와 벨룬의 행진곡이 폴란드 기병대를 출현시킨 것이다.

"우레와 같은 말발굽 소리. 거친 말들의 콧김, 박차는 울리고, 말들은 울부짖었다. 수확이 끝난 게레스하임의 밭 위로 소리 없이 폴란드 창기병 중대가 밀려오고 있었다. 붉고 희게 래커 칠한 마체라트 씨의 양철북처럼 창에 달린 붉고 흰색의 깃발은 잡아 당겨지고 있는 것이 아니라 헤엄치고 있었다."

폴란드 창기병은 벨룬과 두 명의 형리를 데리고 달 뒤로 사라졌다. 오스카의 이와 같은 놀라운 성공에 감탄한 비틀라는 오스카에게 자신도 한 번은 우명세를 타고 싶다고 고백하자, 오스카는 무명지를 가지고 오스카 자신을 경찰에 고발하라고 권유한다. 비틀라를 경찰에게 보낸 뒤 오스카는 이제 '검은 마녀'의 공포에 사로잡혀 파리로 도주의 길에 오른다. 그곳에서 오스카는 체포되고 재판이 끝난 후 치료 요양병원에 입원한다. 오스카는 서른 번째 생일날 자신의 무죄가 입증되고 재판이 재개되었음을 알게 된다. 이제 그는 인생을 새로 시작해야 한다.

"결혼을 할 것인가? 독신으로 남을 것인가? 채석장을 구입할 것인가? 제자들을 모을 것인가? 종파를 세울 것인가?"

치료 요양원의 보호막 없이 사회 속으로 되돌아가야 할 운명의 오스카는 공포의 화신인 검은 마녀의 악몽에 휩싸여 있다.

3 관련서 및 연보

『양철북』에 관심을 가진 독자라면

그라스의 다른 작품 『넙치』와 산문 『텔크테에서의 만남』을

읽을 것을 권한다.

두 작품 모두 우리말로 번역되어 있다.

『넙치』는 1965년부터 1972년에 이르기까지

책상을 멀리 한 채 정치적 참여에 몰두했던 그라스가

이후 4년간의 작업 끝에 발표한 작품이다.

『텔크테에서의 만남』은 1979년에 발표되었으며

그라스의 비교적 짧은 산문들 중

1961년에 발표한 『고양이와 쥐』와 함께 백미로 꼽히고 있다.

귄터 그라스 관련서

귄터 그라스의 다른 작품들

『넙치』

『양철북』에 관심을 가진 독자라면 그라스의 또 다른 장편소설 『넙치』와 산문 『텔크테에서의 만남』을 읽을 것을 권한다. 이 두 작품은 우리말로 번역되어 있다. 1965년부터 1972년에 이르기까지 책상을 멀리 한 채 정치적 참여에 몰두했던 그라스는 이후 4년간의 작업 끝에 1977년 『넙치』를 발표했다. 단치히를 주 무대로 석기시대부터 현대에 이르는 인류의 역사를 관통해 남성이 여성에게 저지른 죄책감을 「어부와 넙치」라는 동화 속의 넙치를 출현시켜 서술하고 있다. 그라스의 작품 중

개인적인 관심사가 가장 많이 포함되어 있다. 유머와 풍자가 넘치는 동시에 "기술적으로 가능한 것으로만 축소되고 오로지 경제적이고 사회적인 발전에만 모든 것이 바쳐진 계몽이라고 자칭하고 있는 차디찬 이성"에 대한 혹독한 비판서이기도 하다. 바로 이 계몽의 결과가 오늘날까지 세계 도처에서 목격되는 기아와 궁핍이며, 넙치로 대표되는 남성적 원칙의 역사와 이를 추종한 역사 속의 남성과 여성들은 공히 그 책임을 면할 수 없으며, 오로지 남성과 여성의 대립을 극복한 제3의 길만이 인류 발전의 새로운 국면을 도래하게 할 수 있다고 이 소설은 이야기한다.

『텔크테에서의 만남』

그라스의 비교적 짧은 산문들 중 『고양이와 쥐』(1961)와 함께 백미로 꼽히고 있는 『텔크테에서의 만남』(1979)은 17세기 독일 역사의 불우한 시절 30년 전쟁의 폐허 속에 모여 예술과 정치를 논하는 바로크 시대 시인들의 이야기이다. 파국이 산재한 독일 역사에서 전쟁을 매듭짓는 '평화회의'는 또 다른 전쟁에 빌미를 제공할 뿐이며, '국가민족'이 결여된 독일에서는 오로지 언어와 문화에 기초한 '문화민족'의 정체성만이 그 대안이 될 수 있다는 것을 이 작품은 말하고 있다. 이 작품에 등장하는 17세기 독일 작가들이 당면한 문학의 '부질없음'에서

21세기의 한국 독자들은 오늘날 우리 사회에서 문학이 차지하는 위상과 그 의미를 재고하게 될 것이다. 300년 독일 역사와 문학사를 마치 하루 동안 일어난 듯 서술하며 독일 역사의 핵심을 그리고 있는 너무나 아름다운 이 산문은 "외국인을 위한 독일인 심성 반죽 입문서"라 불리기에 조금도 부족함이 없다.

기타 참고도서

『귄터 그라스의 양철북: 독일 소시민 사회의 해부』(조영준, 한국학술정보, 2004)

저자는 오스카야말로 나치즘의 주된 지지 기반이던 소아적이고 파괴적이며 제한된 시야를 갖춘 독일 소시민 계급의식을 구현하고 있다고 주장한다. 오스카의 육체적 불구는 전후 독일인의 미숙한 민주의식과 역사의식의 알레고리적 표현이며, 오스카의 자발적인 정신병원으로의 도피는 소시민적 죄의식과 트라우마로부터의 해방이라는 것이다. 저자는 『양철북』을 극복되지 못한 과거에 대한 비탄의 노래라고 정의한다.

『알레고리와 역사. 귄터 그라스의 문학과 사상』(김누리, 민음사, 2003)

『양철북』을 위시한 그라스의 다른 두 작품에 대한 논문과 그

라스의 정치관에 대한 글들을 포함하고 있다. 그라스와의 대
화 두 편이 함께 실려 있다.

『귄터 그라스의 문학세계』(박병덕, 다섯수레, 2001)

혼히 귄터 그라스는 가르시아 마르케스, 쿤데라, 이탈로 칼비
노, 루시디와 함께 마술적 사실주의 작가로 간주된다. 저자는
그라스의 소설 『넙치』의 서술 구조와 모티브를 분석하면서 동
시에 작가의 현실 개념과 역사관, 집필 의도, 역사적 사실과
자전적 현실 등의 작품 외적 요소를 함께 고려함으로써 그라
스 작품에 나타난 환상과 현실과의 변증법적 상호 작용을 밝
히고 있다.

Günter Grass(Heinrich Vormweg, rororo, 2002)

1986년 1판에 이은 개정판으로, 그라스의 문학작품과 사회 참
여 사이의 밀접한 관계를 부각시키고 있다.

Günter Grass(Claudia Mayer-Iswandy, DTV, 2002)

작가로서뿐만 아니라 조형예술가, 정치가로서 그라스의 총체
적 면모를 살펴볼 수 있는 입문서이다. 많은 시각 자료도 수록
되어 있다. 그라스의 전 작품에 대한 짧은 소개도 삽입되어 있
어 작품과 현실의 연관관계를 규명하고 있다.

Bürger Grass. Biographie eines deutschen Dichters(Michael
Jürgs, Bertelsmann, 2002)

독일의 저명한 언론인이 쓴 그라스 일대기이다. 그라스의 전
기는 독일의 정치·사회·문화적 변천과 톱니바퀴처럼 연결되
어 있다. 동시대인이자 공인으로서의 그라스에 초점이 맞춰져
쓰여 있고, 아울러 그라스의 사생활도 매우 자세하게 묘사되
어 있다. 그라스의 문학과 예술 작품에 관한 부분은 상대적으
로 간략하다.

Grass' Blechtrommel(Heinz Gockel, Piper, 2001)

균형 잡힌 전문가의 해설서로서 절제 있고 평의한 문체로 『양
철북』의 문학적 전통을 잘 설명하고 있다.

Günter Grass. Romane und Erzählungen(Sabine Moser, Erich
Schmidt Verlag, 2000)

그라스의 문학작품 전부를 시대별로 다루면서 특히 그라스 수
용 및 학술 연구에 관해 충실히 기록하고 있다.

*The Life and Work of Günter Grass. Literature, History,
Politics*(Julian Preece, Palgrave, 2001)

그라스의 문학작품 세계와 사회 참여를 전반적으로 역사, 정

치, 인류 보편적 주제, 정치적 전환기로 분류하여 날카롭게 분
석하고 있다.

Günter Grass Revisited(Patrick O' Neill, Twayne Publishers, 1999)
영미권의 독자를 염두에 두고 그라스의 문학작품, 특히 산문
과 소설을 중점적으로 다루고 있다.

귄터 그라스 연보

1927년

10월 16일 단치히 랑푸어에서 출생한다. 아버지 빌리 그라스
와 어머니 헬레네 크놉은 식품점을 경영한다.

1933~1944년

랑푸어에서 초등학교를, 단치히에서 고등학교를 다닌다.

1944~1945년

공군 보조병으로 군 복무 중에 부상을 입어 마리엥바드 미군
병원에 전쟁 포로로 입원 치료를 받는다.

1946년

자르 지방에서 농업 노동자로, 힐데스하임 칼륨 광산에서 광
부로 일한다.

1947년

뒤셀도르프에서 석공 일을 한다.

1948년

뒤셀도르프 예술아카데미에서 조형예술 공부를 한다(이후
1952년까지 계속한다).

1952년

이탈리아와 프랑스를 여행한다.

1953년

베를린 조형예술대학에서 수학한다(1956년까지 계속한다).

1954년

발레 학교에 다니는 안나 슈바르츠와 결혼한다.

1955년

'47그룹'에서 자신의 시를 낭독한다. 슈투투가르트에서 조소
와 그래픽 작품 전시회를 갖는다.

1956년

시집 『바람닭의 장점 *Die Vorzüge der Windhühner*』을 발
표한다. 파리로 이주한다.

1957년

희곡 「홍수 *Hochwasser*」 「천 조각 *Stoffreste*」을 초연한다.
쌍둥이 아들 프란츠와 라오울이 태어난다. 베를린에서 조소와
그래픽 전시회를 연다.

1958년

쾰른에서 희곡 「아저씨, 아저씨 *Onkel, Onkel*」를 초연한다. 아직 탈고되지 않은 소설 『양철북 *Die Blechtrommel*』으로 47그룹 상을 수상한다. 이어 연방 산업연합문화후원상을 수상한다. 폴란드로 여행한다.

1959년

『양철북』을 출간한다. 희곡 「5명의 요리사 *Fünf Köche*」를 초연하고, 「32개의 이빨 *Zweiunddreißig Zähne*」 「버팔로까지 아직 10분 *Noch zehn Minuten bis Buffalo*」 「말을 타고 왕복 *Beritten hin und zurück*」 등의 희곡을 발표한다. 브레멘 문학상을 수상한다.

1960년

파리에서 서베를린으로 이주한다. 시집 『궤도의 삼각선 *Gleisdreieck*』을 발표한다. 베를린 비평가상을 받는다.

1961년

노벨레 『고양이와 쥐 *Katz und Maus*』를 발표하고, 희곡 「악한 요리사들 *Die bösen Köche*」을 초연한다. 딸 로라가 태어난다. 빌리 브란트와 사회민주당을 지지하며, 베를린 장벽 건립을 계기로 동독 작가 안나 제거스에게 공개서한을 보낸다.

1962년

『양철북』으로 프랑스 문학상인 최고외국서적상을 수상한다.

1963년

장편소설 『개들의 해 *Die Hundejahre*』를 발표, 베를린 예술원 회원이 된다. 희곡 「황금의 입 *Goldmäulchen*」을 초연한다.

1965년

사민당 선거운동 여행을 한다. 게오르그 뷔히너 문학상을 수상하고, 아들 브르노가 출생한다.

1966년

희곡 「천민들 반란을 일으키다 *Die Plebejer proben den Aufstand*」가 초연되고, 『고양이와 쥐』가 영화화된다. 미국, 체코, 헝가리를 여행한다.

1967년

시집 『질문 공세가 끝나고 *Ausgefragt*』를 발표한다. 슐레스빅 홀슈타인과 베를린에서 선거운동을 한다. 에세이 「나의 스승 되블린에 관하여 *Über meinen Lehrer Döblin*」를 발표한다.

1968년

에세이집 『자명한 것에 관하여 *Über das Selbstverständliche*』를 발표한다. 칼 오치예츠키 상과 폰타네 상을 수상한다.

1969년

산문 『국부 마취 *örtlich betäubt*』를 발표하고, 테오도르 호이스 상을 수상한다. 희곡 「그 이전에 *Davor*」가 초연된다. 수많은 선거운동 여행에 참가한다.

1970년

발레 『허수아비 *Vogelscheuchen*』가 초연된다. 빌리 브란트
와 바르샤바를 여행하며, 노트라인 베스트팔렌과 바이에른 선
거운동에 참여한다.

1971년

라인란트 팔츠, 슐레스비히 홀슈타인, 베를린 선거운동에 참
가한다.

1972년

산문 『달팽이의 일기로부터 *Aus dem Tagebuch einer
Schnecke*』를 발표한다. 서독 총선과 바덴 뷔르템베르크 주정
부 선거가 치러진다.

1973년

화집 『마리아를 숭배하며 *Mariazuehren*』를 발표한다. 빌리
브란트와 이스라엘 여행을 떠난다.

1974년

에세이집 『시민과 그의 소리 *Der Bürger und seine Stimme*』
와 시집 『사랑이 시험되다 *Gesammelte Gedichte. Liebe
geprüft*』를 발표한다. 딸 헬레네가 태어난다.

1975년

인도 여행을 한다.

1976년

하버드 대학에서 명예박사 학위를 받는다. 하인리히 뵐, 카롤
라 슈테른과 함께 잡지 『L '76』을 발간한다. 작가 지그프리트
렌츠와 서독 총선거 운동에 참가한다. 시·판화집 『소피와 버
섯을 따러가다 *Mit Sophie in die Pilze gegangen*』를 발표
한다.

1977년

장편소설 『넙치 *Der Butt*』를 발표한다.

1978년

에세이 『훈계 *Denkzettel*』를 발표하며, 알프레드 되블린 상
을 설립한다. 안나 슈바르츠와 이혼한다.

1979년

산문 『텔크테에서의 만남 *Das Treffen in Telgte*』을 발표한
다. 오르간 연주자 우테 구너르트와 재혼한다. 폴커 슐뢴도르
프 감독에 의해 『양철북』이 영화화된다.

1980년

산문 『뇌산, 독일인은 멸종되다 *Kopfgeburten oder Die
Deutschen sterben aus*』와 『문학 에세이 *Aufsätze Zur
Literatur*』를 발표한다.

1982년

펠트리넬리 상을 수상하며, 서화집 『스케치와 글 I *Zeichnen
und Schreiben I*』을 발표한다.

1983년

시·판화집 『오, 넙치. 너의 동화는 불행하게 끝난다 *Ach Butt, dein Märchen geht böse aus*』를 발표한다. 베를린 예술아카데미 의장으로 선출되고, 사민당에 입당한다.

1984년

정치 에세이 『저항을 배우다 *Widerstand lernen*』, 서화집 『스케치와 글 II *Zeichnen und Schreiben II*』을 발표한다.

1986년

산문 『암쥐 *Die Rättin*』, 화집 『동판과 석판 *In Kupfer, auf Stein*』을 발표한다. 이듬해 1월까지 6개월간 캘커타에 거주한다.

1987년

60세 생일을 맞아 작품집 10권을 발간한다.

1988년

시·산문·그림집 『혀 보이기 *Zunge zeigen*』를 발표한다.

1989년

화집 『스케치북 *Skizzenbuch*』을 발간한다. 살만 루시디 사건으로 베를린 예술아카데미를 탈퇴한다.

1990년

화집 『죽은 나무 *Totes Holz*』를 발표하고, 『독일 부채청산 *Deutscher Lastenausgleich*』『통일 조국 독일? *Deutschland einig Vaterland?*』『아우슈비츠 이후의 글쓰기 *Schreiben nach Auschwitz*』『동독이란 이름의 세일품목 *Ein Schnäppchen namens DDR*』『우리 머릿속 개벌 *Kahlschlag in unseren Köpfen*』 등 연설문·에세이집을 발표한다. 포스난 대학 명예 박사 학위를 받는다.

1991년

그림·서간집 『알트되번으로부터의 편지 *Briefe aus Altdöbern*』, 작업실 보고서 『40년 *Vier Jahrzehnte*』을 발표한다.

1992년

산문 『무당개구리의 울음 *Unkenrufe*』, 연설문 「상실에 관한 연설 *Rede vom Verlust*」을 발표한다. 사민당을 탈당한다.

1993년

시화집 『11월의 나라 *Novemberland*』를 발표한다. 쿠바와 멕시코를 여행한다. 그다인스크 대학 명예박사 학위를 받는다.

1995년

소설 『광야 *Ein weites Feld*』를 발표한다.

1996년

토마스 만 상을 수상한다.

1997년

70회 생일 기념으로 작품집 16권을 발간하고 시·수채화집 『글을 읽지 않는 독자를 위한 습득물 *Fundsachen für Nichtleser*』 을 발표한다.

1999년

산문 『나의 세기 *Mein Jahrhundert*』를 발표한다. 노벨 문학

상을 수상한다.

2002년

노벨레 『게걸음을 치면서 *Im Krebsgang*』를 발표한다.

2003년

시화집 『마지막 춤 *Letzte Tänze*』을 발표한다.

주註

1) 이는 그라스가 1957년에 쓴 강령적 에세이의 제목이다.

2) 독일 문제 Die deutsche Frage란 좁은 의미로는 제2차 세계대전 이후 두 독일의 분단과 그 극복에 관한 문제를 의미하며, 넓은 의미로는 근대적 중앙집권국가의 성립이 늦은 독일의 정체성 문제를 의미한다. 즉, 독일인은 누구이며, 독일의 국경은 어디이고, 독일은 어떠한 정치적 체제를 채택해야 하는가의 문제이다. 따라서 광의의 독일 문제 중 독일인의 정체성에 대한 문제와 유럽과 세계 속의 독일의 정치적·경제적 위치에 관해서는 1990년 독일 통일 이후에도 지속적인 관심사로 남아 있다.

3) Günter Grass, *Gegen die verstreichende Zeit. Reden, Aufsätze und Gespräche 1989~1991*, (Hamburg : Luchterhand, 1991), 35쪽.

4) Michael Jürg, *Bürger Grass. Biographie eines deutschen Dichters*, (München : Bertelsmann, 2002), 50~53쪽.

5) Günter Grass, "Überlebensfähigkeit der Ketzer, Rede zur Verleihung des Sonning-Preises" Kopenhagen in : *Günter Grass Werkausgabe Bd. 16 Essays und Reden III*, ed. Volker Neuhaus und Daniela Hermes, (Göttingen : Steidl, 1997), 446~447쪽.

6) Günter Grass, *Werkausgabe in zehn Bänden, Bd. III Katz und Maus, Hundejahre*, ed. Volker Neuhaus, (Darmstadt und Neuwied : Luchterhand, 1987), 519쪽.

7) Harro Zimmermann, *Günter Grass. Leben und Werk*, (Bremen : der hörverlag, 2000)에서 재인용.

8) Günter Grass, "Rede an einen jungen Wähler, der sich versucht fühlt, die NPD zu wählen. zur Bayrischen Landtagswahl in München", in : *Werkausgabe in zehn Bänden, Bd.IX Essays, Reden, Briefe, Kommentare*, ed. Volker Neuhaus, (Darmstadt und Neuwied : Luchterhand, 1987), 163쪽.

9) Günter Grass. *Werkausgabe in zehn Bänden. Bd. II Die Blechtrommel*, (Darmstadt und Neuwied : 1987), 487쪽. 본 저서에서 『양철북』을 포함한 그라스의 모든 작품의 번역은 저자에 의한 것이다.

10) Günter Grass, *Rede vom Verlust. Über den Niedergang der politischen Kultur im geeinten Deutschland*, (Göttingen : Steidl, 1992), 41쪽.

11) Günter Grass, "Die deutschen Literaten", in : *Günter Grass im Ausland. Texte, Daten, Bilder zur Rezeption*, ed. Daniela Hermes und Volker Neuhaus, (Nördlingen : Luchterhand, 1990), 88쪽.

12) Salman Rushdie, *Imaginary Homelands. Essays and Criticism 1981~1991*, (London : Penguin Books, 1992), 277쪽.

13) Günter Grass, *Rede vom Verlust*, 42쪽.

14) Günter Grass, *Rede vom Verlust*, 54쪽.

15) Günter Grass, *Rede vom Verlust*, 55~56쪽.

16) Günter Grass, *Rede vom Verlust*, 58쪽.

17) Günter Grass, "Die Ambivalenz der Wahrheit zeigen", in : *Werkausgabe in zehn Bänden. Bd.X Gespräche*, ed. Volker Neuhaus, (Darmstadt und Neuwied : Luchterhand, 1987), 182쪽.

18) Günter Grass, *Werkausgabe in zehn Bänden, Bd. VI Das Treffen in Telgte, Kopfgeburten oder Die Deutschen sterben aus*, ed. Volker Neuhaus, (Darmstadt und Neuwied : Luchterhand, 1987), 212쪽.

19) Günter Grass, "Rückblick auf die Blechtrommel - oder Der Autor als fragwürdiger Zeuge - Ein Versuch in eigener Sache", in : *Werkausgabe in zehn Bänden. Bd.IX Essays, Reden, Briefe, Kommentare*, ed. Volker Neuhaus, (Darmstadt und Neuwied : Luchterhand, 1987), 624~625쪽.

20) 교양소설 Bildungsroman의 B.ldung은 형성, 즉 한 인간의 사회 속에서 인
    격체로서의 형성 과정을 의미한다.

21) Hans Magnus Enyensberger, "Wilhelm Meister auf der Trommel", in
    : *"Die Blechtrommel" Attraktion und Ärgernis. Ein Kapitel deutscher
    Literaturkritik*, ed. Franz Josef Görtz, (Darmstadt und Neuwied :
    Luchterhand, 1984), 62쪽.

22) Marcel Reich-Ranicki, *Mein Leben*, (München : DTV, 2000), 385쪽.

23) 파우스트(der Faust)는 주먹(die Faust)과 동음이의어이므로 소설 『양철
    북』의 이 부분을 원어로 읽는 독자는 '주먹은 아니라 할지라도 색채이론
    의 두꺼운 책으로 불쌍한 네 녀석의 머리를"로 동시에 읽을 수 있는 이중
    효과를 보게 된다.

24) 제1차 세계대전 영국과 독일 사이의 해전

25) 슈무(Schmuh)는 라인란트 방언으로 투명하지 못한 사기와 기만에 의한
    거래를 의미한다.

26) Salman Rushdie, *Imaginary Homelands. Essays and Criticism
    1981~1991*, (London : Penguin, 1991), 277쪽.

양철북 읽·기·의·즐·거·움
위선을 향한 냉소

초판 인쇄 | 2005년 12월 15일
초판 발행 | 2005년 12월 24일

지은이 | 양태규
펴낸이 | 심만수
펴낸곳 | (주)살림출판사
출판등록 | 1989년 11월 1일 제9-210호

주소 | 413-756 경기도 파주시 교하읍 문발리 파주출판도시 522-2
전화 | 영업 031)955-1350 기획편집 031)955-1363
팩스 | 031)955-1355
e-mail | salleem@chol.com
홈페이지 | http://www.sallimbooks.com

ⓒ (주)살림출판사, 2005   ISBN 89-522-0442-5 04800
                            ISBN 89-522-0394-1 04800 (세트)

* 잘못된 책은 구입하신 서점에서 바꾸어 드립니다.
* 저자와의 협의에 의해 인지를 생략합니다.

값 8,900원